喵九

喵九

张云 著
喵九 绘

讲了很久很久的中国妖怪故事 4

北京科学技术出版社

图书在版编目（CIP）数据

讲了很久很久的中国妖怪故事 . 4 / 张云著 ; 喵九绘 . -- 北京 : 北京科学技术出版社 , 2025. -- ISBN 978-7-5714-4695-6

Ⅰ . I277.3

中国国家版本馆 CIP 数据核字第 2025M3A023 号

选题策划：记　号
策划编辑：马春华　林佩儿
责任编辑：马春华
责任校对：贾　荣
封面设计：何　睦
图文制作：刘永坤
责任印制：吕　越
出 版 人：曾庆宇
出版发行：北京科学技术出版社
社　　址：北京西直门南大街 16 号
邮政编码：100035
电　　话：0086-10-66135495（总编室）　0086-10-66113227（发行部）
网　　址：www.bkydw.cn
印　　刷：北京华联印刷有限公司
开　　本：710 mm × 1000 mm 1/16
字　　数：152 千字
印　　张：16.25
版　　次：2025 年 10 月第 1 版
印　　次：2025 年 10 月第 1 次印刷
ISBN 978-7-5714-4695-6

定　　价：108.00 元

前言

妖怪和妖怪文化在中国源远流长，是中华优秀传统文化的重要组成部分。全世界很难找到一个国家像中国这样，将关于妖怪的记载、想象形成一种深厚的文化现象，其延续时间之长、延伸范围之广、文学作品之多，举世罕见。

妖怪和妖怪文化是中华文明的璀璨奇葩，值得我们一代代传承下去。

那么，什么是妖怪呢？

我们的老祖先将妖怪定义为“反物为妖”“非常则怪”。简单地说，生活中一些怪异、反常的事物和现象由于超越了当时人类的理解能力，无法解释清楚，就被人们称为妖怪。

所以，所谓的妖怪指的是：根植于现实生活中，超出人们正常认知的奇异、怪诞的事物。

妖怪，包含妖、精、鬼、怪四大类。

妖：人之假造为妖，此类的共同特点是人所化成或者是动物以人形呈现的，比如狐妖、落头民等。

精：物之性灵为精，山石、植物、动物（不以人的形象出现的）、器物等所化，如山蜘蛛、罔象等。

鬼：魂魄不散为鬼，以幽灵、魂魄、亡象出现，比如画皮、银伥等。

怪：物之异常为怪，对人来说不熟悉、不了解的事物，平常生活中几乎没见过的事物；或者见过同类的事物，但跟同类的事物有很大差别的，如天狗、巴蛇等。

中国的妖怪、妖怪文化历史悠久。有足够的考古证据表明，早在石器时代，我们的老祖宗就开始对妖怪有了认知并进行了创造。可以说，中国的妖怪历史和中国人的历史是彼此相伴的，“万年妖怪”之说一点儿都不为过。

从先秦时代，中国人就开始将妖怪和妖怪故事记录在各种典籍里，此后历代产生了《山海经》《白泽图》《搜神记》《夷坚志》《聊斋志异》《子不语》等无数的经典作品，使得很多妖怪家喻户晓。

中国的妖怪和妖怪文化不仅深深影响了中国人，还传播到周边国家，深受异国友人的喜爱。比如，日本著名的妖怪研究学者水木茂称：“如果要考证日本妖怪的起源，我相信至少有 70% 的原型来自中国。除此之外的 20% 来自印度，剩下 10% 才是本土的妖怪。”由此可见中国的妖怪和妖怪文化对日本产生了巨大影响。

由于种种原因，中国妖怪及妖怪文化还没有得到足够的重视，很多人甚至将我们老祖宗创造的中国妖怪误认为是日本妖怪，这是令人十分惋惜的。

笔者用十年时间，写成《中国妖怪故事（全集）》一书，在深入研究中国历代古籍尤其是志怪的分类和定义的基础上，厘清妖怪的内涵，从浩渺的历代典籍中搜集、整理各种妖怪故事，重新加工，翻译成白话文，其间参考各种民间传说、地方志等，确保故事来源的可靠性与描写的生动性。该书记录 1080 种中国妖怪，是目前为止国内收录妖怪最多、最全，篇幅最长，条例最清楚的妖怪研究专著。

《中国妖怪故事（全集）》出版以来，反响强烈，深受读者喜爱，这让笔者感到既欣喜又惶恐。

将中国妖怪、妖怪文化发扬光大需要所有人的努力。中国的妖怪故事中，不仅妖怪的形象充满想象力、故事情节生动，而且其中蕴含着许多为人处世的道理，值得珍惜和深入挖掘。

长久以来，中国妖怪的故事虽然丰富，但妖怪的图像留存较少，甚为可惜。有鉴于此，我们精心选取100个妖怪故事，将其分为动物、植物、器物和怪物四类，加以润色加工，并严格按照典籍记载，为妖怪画像，推出《讲了很久很久的中国妖怪故事》，以期能为大众以及中国妖怪的爱好者们打开一扇中国妖怪故事的缤纷之窗，为中国妖怪和中国妖怪文化的普及和发展贡献绵薄之力。

《讲了很久很久的中国妖怪故事》推出以来，广受读者好评。在此基础上，我们陆续推出了系列作品，《讲了很久很久的中国妖怪故事》前两部按照动物、植物、怪物、器物分类，第三部和第四部按照中国妖怪栖身的地点，分为山、水、荒、宅四大类。

“山”：栖息在高山深林中的妖怪。

“水”：栖息在江河湖海等水系中的妖怪。

“荒”：栖息在人迹罕至的遥远大荒、异域以及传说中的冥间等地的妖怪。

“宅”：栖息在城市、乡村、宅地等人类生活环境中的妖怪。

中国妖怪文化博大精深，源远流长。我们的老祖宗创造了它们，它们的故乡在中国。中国妖怪的故事我们祖祖辈辈都在讲述，世世代代都在流传。

那么，请打开这套书，让我们一起开启精彩的认识妖怪之旅吧。

张　云

2024 年 11 月 6 日于北京搜神馆

目录

山　篇

水　篇

荒　篇

宅　篇

山篇

名

化熊

出处

春秋左丘明《左传·昭公七年》

南北朝刘敬叔《异苑》卷八

南北朝任昉《述异记》卷上

第〇〇一号

上古时，尧派鲧治理洪水，但鲧没有完成任务，被尧杀死了。鲧死后，尸体在羽山变成了黄熊，并逃到了羽河中。后来，鲧的儿子大禹接过了治水的任务，并最终成功治理了洪水。大禹因之被尊为治水英雄。于是，会稽人到禹庙祭祀，从来不用熊肉做祭品。

南北朝元嘉三年，邵陵高平有个人叫黄秀，跑进山里几个月不回来。他的儿子根生前去寻找，却看见黄秀蹲在大树的树洞里，从头到腰长出长毛，看起来跟熊一样。

根生问他怎么回事，黄秀说："老天惩罚我。你赶紧走吧。"

根生对此十分悲伤，哭着回家了。

过了几年，有樵夫在山里再次看到了黄秀，不过此时的黄秀已经彻底变成了一头熊。

名
绿瓢
出处
清代钮琇《觚剩》卷八

第〇〇二号

云南的倮倮人分黑倮倮、白倮倮两种，都很长寿。

等到倮倮人二百岁的时候，子孙们因为害怕不敢和他们一起居住，于是把这些老倮倮人藏在山谷的树丛中，并给他们留下足够吃四五年的粮食。

随着时间的推移，留下来的老倮倮人会渐渐地忘记了一切，只知道吃饭睡觉。他们的全身还会生出绿色的苔藓一样的长毛，屁股上长出尾巴，头发变成赤红色，眼睛变成金黄色，还会长出尖牙和爪子。他们能攀登山石，行走如飞，抓虎豹獐鹿为食，甚至连大象都对他们感到恐惧。当地人称这些老倮倮人为绿瓢。

名
毛女
出处
汉代刘向《列仙传》卷下

第〇〇三号

毛女，名为玉姜，住在华阴山里。当地的猎人世世代代都能见到这种妖怪。

毛女自称是秦代的宫女。在秦灭亡后，她流亡入山中，遇到了一个道士。道士教她以松叶为食。过了很长时间，她的身上长出了长毛，身轻如燕，行动非常敏捷。

到西汉时，毛女已经一百七十多岁了。

名

人石

出处

宋代李昉等《太平广记》卷三百九十八（引南北朝《周地图记》）

第〇〇四号

很久以前，有夫妻二人，领着儿子进山去打猎。

父亲不慎从山崖上摔了下去，他的妻子和儿子急忙赶到山崖下要救他。但不幸的是，三人最终一起变成了三块石头，因此这三块石头被叫作人石。

名
九尾狐
出处
战国《山海经》卷一

第〇〇五号

青丘山山南阳面盛产玉石，山北阴面多产青雘。

山中有一种野兽，长得像狐狸，却长有九条尾巴，叫声似婴儿般啼哭，能吞食人。人吃了它的肉就能不沾染妖邪毒气。

名

小三娘

出处

清代钱泳《履园丛话》丛话十六

第〇〇六号

清代，湖广麻阳县方寿山有女妖，自称小三娘，白天在空中现形，总是作祟。当地老百姓非常害怕她，为了躲避这个女妖，很多人就搬走了。

麻阳县的县令曾命人作法驱赶女妖，但她从未离开。

当时，苏州人蒋敬夫在辰州当知府，知道这件事后，决定亲自处理。他写了一篇檄文，带领十几个衙役，拎着一只猪蹄和一坛酒，来到麻阳县，寻访小三娘。

当地人告诉蒋敬夫："山北有一个洞，经常传出怪异的声音，凡是去洞边偷窥的人都会暴死，所以大家都不敢靠近。"

蒋敬夫说："当官就不能回避困难，即便为此死了也不会后悔。我是天子手下的官，又是忠孝之后，即便有妖怪，我也能制服！"

大家都劝阻他。蒋敬夫说：“唐代时，韩愈为了拯救百姓，驱赶鳄鱼。我也应该为民除妖！”

于是，蒋敬夫带着大家来到那个山洞的洞口，将猪蹄和酒扔进洞里，焚烧檄文，诅咒女妖。

不久，山洞里黑风旋起，草木呜呜作响。

蒋敬夫说：“你既然能作祟，那就在我面前现形，我等着你！”

良久，小三娘也未露踪影。

蒋敬夫带着大家回城，在路边看到一双绣鞋。

大家都说：“这应该是小三娘的鞋子。”

蒋敬夫认为：“女妖已经逃跑了，百姓就不会再害怕了。”

这件事发生在康熙六十一年。

名

飞龙

出处

南北朝刘敬叔《异苑》卷三

第〇〇七号

有一种山精，长得如同龙，双角赤红而斑斓，名为飞龙。

人如果碰到它，喊出它的名字，就不会受到伤害。

名

黄云妖

出处

清代刘献廷《广阳杂记》卷三

清代姚元之《竹叶亭杂记》卷八

山篇

第〇〇八号

甘肃平凉一带，夏天五六月间，经常会有暴风。若有黄云从山里飘来，风也是黄色的，紧接着就一定会降下冰雹。冰雹大的如拳头，小的如粟米，往往会砸坏地里的庄稼。当地人称之为“黄云妖”。

每看到黄云过来，当地人赶紧敲响鼓，开枪放炮，黄云就会散去。

如果火枪打中黄云妖，天上会洒下血雨，黄云就变得很低，然后钻入山洞之中。

人循迹找过去，围住山洞，用火药熏燎山洞，精怪就会死掉。将其尸体挖出来后会发现，其不是大蛇就是大蛤蟆，嘴里、肚子里都是冰块。

甘肃徽县也有这种精怪，腾云驾雾，带来冰雹。

当地有进山的人，看到山谷间有无数的蛤蟆，不论大小，嘴里面都含着冰。

有个叫沈仁树的人在徽县当官，看到云层来，命人开枪射击，竟有一只靴子从云层里掉下来。众人将靴子送到城隍庙，第二天靴子却不知所踪，大概这是精怪的靴子。

名

山中人

出处

宋代李昉等《太平御览·卷第八百八十六》

第〇〇九号

如果晚上在山里见到长得像胡人的东西，那是铜铁精。

见到长得如同秦人的，是百年的木精。

不要害怕，它们并不伤人。

名
士田公
出处
唐代牛肃《纪闻》卷七

山篇

第〇一〇号

唐代豫章一带，山林茂密，以出产木材著称。

天宝五载，有个叫杨溥的人和很多人一起进山伐木。

冬天的晚上，大雪纷飞，他们没有住宿的地方，便找了个大树洞躺了进去。

有个向导进入树洞前，向山林跪拜，说："士田公！今晚我们在你这里借宿，请一定要保佑我们！"如是再三，才肯进来睡觉。

当天晚上，杨溥听到外面有人喊："张礼！"树上有人应声："在呢！"外面那人又道："今晚北村有一家的女儿出嫁，有酒有肉，我们一起去呗！"树上的人回应道："有客人在这里，我得守护他们到天亮，如果跟你去了，黑狗子那家伙恐怕要来伤害他们。"外面的人说："雪下得这么大，没事！"树上的人说："那不行，我已经接受了人家的祈请，得照顾好他们。"

一夜无事，第二天早晨大家起来收拾铺盖时，才发现下面有一条巨大的黑色蟒蛇。

一帮人吓得魂飞天外，赶紧跑离树洞。

名
傒囊
出处
晋代干宝《搜神记》卷十二

傒囊为山精。

三国时期，诸葛恪很有名，是东吴的权臣。他是大将军诸葛瑾的长子、诸葛亮的侄子。

诸葛恪曾经在丹阳当太守，经常出去打猎。

有一天，他在打猎的时候，看到两座山之间，有样东西很像小孩，这东西见到人，就伸出手去拉人。

诸葛恪见它把手伸过来，便把它从原来的地方拉了出来，那东西很快就死了。

部下问诸葛恪这是什么缘故，诸葛恪告诉他们，这精怪名叫傒囊，《白泽精怪图》里面有记载。

诸葛恪还说："你们不要以为我神通广大，无所不知，其实只不过是你们没有看过《白泽精怪图》而已。"

名
獓骃
出处
战国《山海经》卷二

第〇一二号

三危山，方圆百里。

山上有一种野兽，形状像普通的牛，却浑身白色，长着四只角。它身上的硬毛又长又密，好像披着蓑衣。其名为獓㹹，能吃人。

名
耳鼠
出处
战国《山海经》卷三

第〇一三号

丹熏山上有茂密的臭椿树和柏树，在众草中以野韭菜和薤白最多，还盛产丹雘。

熏水从这座山发源，向西流入棠水。

山中有一种野兽，长得像老鼠，却有着兔子的脑袋和麋鹿的耳朵，发出的声音如同狗嗥，用尾巴飞行，名为耳鼠。

人吃了它的肉，可以治愈大肚子病，还可以辟百毒之害。

名

飞生

出处

宋代李石《续博物志》卷八

明代陆容《菽园杂记》卷四

第〇一四号

江浙一带有一种名为飞生的怪鸟，长着狐狸的脑袋，生有一对肉翅，四脚如兽类，能够一边飞一边产子，小鸟一生下来就能跟着母鸟飞行。

如果有人难产，将这种鸟的爪子放在肚子上，立刻就能顺利生下孩子。

湖广长阳县龙门洞里也有一种鸟，也叫飞生，四脚如狐狸，双翅如蝙蝠，长着黄紫色的毛，经常攀附在悬崖峭壁之上。

名

灌灌

出处

战国《山海经》卷一

第〇一五号

青丘山中有一种禽鸟，样子像斑鸠，鸣叫的声音如同人在互相斥骂，名为灌灌。

把它的羽毛插在身上，能使人不受迷惑。

名

活马猴

出处

晋代干宝《搜神记》卷三

第〇一六号

晋代有个叫赵固的人，他骑的马突然死掉了，就去请教郭璞，想知道是怎么回事。

郭璞告诉他："可以派几十个人，拿着竹竿往东走三十里，那山里有许多树，让他们用竹竿搅动并敲打那些树，应该会有一个怪物跑出来，最好把它抓回来。"

赵固按照郭璞说的去办，果然抓住了一个长得如同猴子一样的怪物。

这怪物被捉回家，一进门看到死马，就跳着走到死马头旁，抱起马头，对着马的鼻子吸气和呼气。过了一会儿，马站了起来，奋力嘶鸣，也能正常进食，而那怪物却从此消失不见了。

名

火光兽

出处

汉代东方朔《海内十洲记》

第〇一七号

南海中的炎洲有火林山。山中有火光兽，大如鼠，毛长三四寸，有的是红色，有的是白色。

在火林山方圆大约三百里内，晚上还能够看到山林，正是因为火光兽发出的光芒照亮了四周。

用火光兽的毛做成衣服，一旦穿脏了，用火烧一下，再甩一甩，上面的灰垢会自动脱落，衣服随即干干净净。

名

猳国

出处

晋代干宝《搜神记》卷十二

山篇

第〇一八号

四川西南的高山峻岭之中，有一种妖怪长得和猴子很像，身高七尺，能像人一样直立行走，而且十分擅长追逐人类。这种妖怪名为“猳国”，也有人叫它“马化”或者“玃猿”。

猳国经常会躲在道路旁边，一看到年轻貌美的妇女，就会将她们抢走。

猳国能够闻出男女身上的不同气味，只抢女人，不抢男人。一旦抢了女人，这种妖怪就会娶她为妻。如果她没有生下孩子，她便一辈子都无法回到自己的家；如果跟随猳国超过十年，就会被它迷惑，形体也越来越像妖怪，再也不想回家了。

如果女人为猳国生下了孩子，猳国就会把孩子送到女人原先的家中。倘若女人的家人不愿意抚养孩子，猳国就会杀死女人，所以发生这类事情的家庭都会老老实实把孩子抚养长大。

猳国的孩子长大了和普通人没什么不同，都以“杨”为姓。据说四川西南很多姓杨的人都是猳国的子孙。

名
夔
出处
战国《山海经》卷十四

第〇一九号

东海之外七千里，有一座流波山。

山上有一个怪物，名为夔，外形似牛，全身都是青黑色的，没有角，只长了一条腿。

这个怪物每次下水都会有狂风暴雨，全身闪耀着光芒，如同日月一般明亮得令人不能直视，吼声如雷，震耳欲聋。

后来，黄帝得到了它，把它的皮制成鼓，并用雷兽的骨头做槌。敲击这只鼓，鼓声可响彻五百里之外，用来威慑天下。

名

那父

出处

战国《山海经》卷三

第〇二〇号

灌题山上生长着茂密的臭椿和柘树，山下遍布流沙，还盛产磨刀石。

山中有一种野兽，外形像普通的牛，却拖着一条白色的尾巴，发出的声音如同人在高声呼唤，其名为那父。

名

墓牛

出处

南北朝刘敬叔《异苑》卷七

第〇二一号

南北朝时期，武昌有个人叫戴熙，家里很穷，死后被葬在樊山。

一天，有一位风水先生经过，说这里有王气。

后来，桓温西下，在武昌停留，听到这个传闻，就命人挖戴熙的墓。

结果挖出来一个东西，大如水牛，青色，没有头也没有脚，刀枪不入。

士兵们将这东西投入江中，入水之后，江面沸腾，发出雷霆一般的巨响。

此后，戴熙的后嗣，几乎死亡殆尽。

名
鬿雀
出处
战国《山海经》卷四

第〇二二号

北号山中有一种禽鸟，外形像普通的鸡，却长着白脑袋、老鼠的脚和老虎的爪子，名为鬿雀，能吃人。

名

酋耳

出处

唐代张鷟《朝野佥载》卷二

五代徐铉《稽神录》卷之二

山篇

第〇二三号

唐代武则天时期，涪州武龙县界内虎暴为患。

有一只野兽像老虎但是身形特别大。一天正午，它追一只老虎，追到老虎后，把它咬死，但也不吃。

从此以后，武龙县界内再无老虎出没。

当地官员查阅《瑞图》，发现这怪兽叫酋耳。它不吃别的动物，只有在老虎肆虐时，才会出现，攻击作恶的老虎。

宋代建安也有类似的怪物。

在山中种植粟米的人，都会将家里的篱笆修得高高的，用来抵御老虎。

有一个人上了屋顶，忽然看到一只老虎垂头耷尾地逃跑了，过了一会儿，有一只体型比老虎稍小的怪兽，跟随老虎的足迹追去，接着树林中便传来惊天动地的吼声。

第二天，那人前去查看，发现老虎被吃了，只剩下少量的骨头。

名

蚺蛇

出处

南北朝郦道元《水经注》卷三十七
清代吴震方《岭南杂记》下卷
清代朱翊清《埋忧集续集》卷一

第〇二四号

交趾金溪究山有大蛇，名为蚺蛇，可以长到十丈多长，七八尺粗，经常躲在树上，等鹿经过时，便会发起袭击，探首缠绕鹿身，然后一口将之吞入腹中。

传说蚺蛇十分好色。人们若将妇女穿过的旧裤子扔到地上，它会用脑袋顶着裤子，上下起舞。

要想捕捉这种大蛇，则要在它经常出没的地方，钉上几排木桩，木桩之间的间隔仅仅能容纳蛇身通过。

随即，让一个人扬起妇女的裙子或裤子来引诱它，其他人埋伏在左右。

蚺蛇看见衣裳，就会昂起头来追，引诱它的人退到木桩这头。蛇也会跟着来，而蚺蛇因为蛇身很粗，到了木桩的狭窄处会移动不便，埋伏的人趁机一拥而上，就能杀了它。

蚺蛇的牙和胆都是珍贵之物，尤其是蛇牙，长六七寸，是难得的辟邪之物，保佑出入平安。卖一枚蛇牙，可以换来几头牛。

名

开明兽

出处

战国《山海经》卷十一

昆仑山方圆八百里，高达万仞。

山顶有一棵像大树似的稻谷，高达五寻，需五人合抱。

昆仑山的每一面都有九口井，每口井都有用玉石制成的围栏。

昆仑山的每一面都有九道门，而每道门都有叫开明兽的怪兽守卫着，那是众多天神聚集的地方。

开明兽，身体如同老虎，长着九个脑袋，每个脑袋上都长着一张人脸。

水篇

名

独角人

出处

南北朝祖冲之《述异记》

水篇

第〇二六号

巴郡这地方有个独角人，头顶上长着一只角，据说活了几百年。

有时候这个人会忽然消失，几年都不见，有时候不说话，但只要开口，说的事情都很有趣。

有一天，他和家人告别后，纵身跳入江中，变成了一条鲤鱼，而那角还长在鱼头上。

后来，他仍会时常回来，容貌和之前一样，与子孙宴饮相聚，往往几天后又再度离开。

名

横公鱼

出处

汉代东方朔《神异经·北荒经》

第〇二七号

传说在北方的荒野中，有片石湖，广达千顷，湖水深达五丈有余，长年结冰，只有夏至前后五六十天才解冻。

湖里有一种名为横公鱼的妖怪，长七八尺，样子像鲤鱼，通体红色，白天生活在水里，夜里会变成人。

横公鱼异常坚硬，用尖物刺不进去，用开水煮也煮不死。

如果往水中加入两颗乌梅，就能煮死它。吃了它的肉可以治邪病。

名

江黄

出处

晋代祖台之《志怪》
唐代郑常《洽闻记》

水篇

第〇二八号

晋代隆安年间，丹徒这地方有个叫陈悝的人，在江边用鱼扈抓鱼。

他在早晨收鱼扈的时候，发现鱼扈里面有个女人，高六尺，很漂亮，随着水流出来，躺在沙地上一动不动。

这天晚上，陈悝梦见这个女人说："我是江黄，昨天迷路掉进了你的鱼扈里，等潮水来了就会离去。你赶紧把我放进水里，不然我会杀了你。"

陈悝害怕，没管她。

潮水来的时候，那女子就离开了，过了不久，陈悝就病了。

名
吴安王
出处
五代孙光宪《北梦琐言·卷第二》

第〇二九号

福州海口的黄碕岸一带，怪石嶙峋，是海上行船的一大障碍。

王审知在福建当观察使的时候，打算好好解决这个问题，又担心超出民力负担。

乾宁年间，王审知梦见一个穿铠甲的人，自称是吴安王，答应帮助解决这个棘手的工程。

梦醒后，王审知把这事告知客人和下属，并派判官刘山甫前去祭祀吴安王。

祭祀还没结束，人们忽然看见海上浮起许多水妖，其中有一只水妖，既不是鱼也不是龙，黄鳞红须，带领手下兴风起浪。

三天后，风停云散，大家再一看，原先的怪石已全部被清理，眼前已经开辟出一个港口，从此行船非常方便。

名

蛙僧

出处

唐代张读《宣室志》卷一

唐穆宗长庆二年夏天，一个叫石宪的人，前往太原北部做买卖。

当他走到雁门关一带的时候，天气正热，便仰卧在大树下休息。忽然，石宪梦见一个和尚，眼睛如蜂眼，披着破旧的袈裟，长相十分奇特。

那和尚来到石宪面前，对他说："我寄居于五台山南面，那儿有幽深的树林和水池，远离人境，是和尚们避暑的地方。施主愿意和我一起去游览吗？我看施主马上就会因热病而死，如果不跟我去，一定会后悔。"石宪因为当时热得厉害，便对和尚说："我愿意跟大师您一起前往。"

于是和尚领着石宪向西走，走了数里，果然看见有幽深的树林和一个水池。只见不少和尚都在水中，石宪感到奇怪，就问他们在做什么。和尚说："这是玄阴池，我的徒弟们在里面洗澡，借以消除炎热。"

石宪暗自觉得水里的和尚很奇怪，因为他们长得一模一样。

天很快黑了，其中一个和尚说："施主可以听听我的徒弟们念经。"于是，石宪站在水池边上，和尚们就在水中齐声念经。又过了一会儿，有个和尚拉着石宪的手说："施主跟我一起在玄阴池里洗洗澡吧，千万别害怕。"

石宪进入池中，忽然觉得浑身冰凉，不禁冷得发抖，就从梦里醒了过来。

这时，他发现自己躺在大树下面，衣服全湿了，浑身发抖，冻得十分厉害。

第二天，石宪继续赶路，听到道路旁边传来了蛙鸣声，很像梦里和尚们念经的声音，于是顺着声音走了过去，看见幽深的树林和水池，里面有很多青蛙。

石宪一打听，那水池果然叫玄阴池。

“那些和尚原来都是青蛙变的，既然能通过变形来蛊惑人，肯定是妖怪了！”带着这样的想法，石宪把那些青蛙全都杀死了。

名

物女

出处

汉代董仲舒《春秋繁露》卷四

清代俞樾《右台仙馆笔记》卷四

第〇三一号

扬州北面的雷塘乡，是当年埋葬隋炀帝的地方。

清代时，这里出现了一种名叫“物女”的妖怪，害死了很多人。

光绪二年六月二十四日，中午时分，忽然昏暗如夜，雷电交加。

电光中，一个女子穿着白衣，头上系着红色的抹额，手拿双叉和霹雳打斗，天雷竟然奈何她不得。

打斗持续良久，忽然有雷火从地底涌出，伤了这妖怪的一条腿。接着一声巨雷，声音震天，将周围观看的人全部震晕。

等雨停之后，众人爬起来，看见有一个东西被震死在地。

这东西长得像猪但没有尾巴，像牛却没有双角，全身白毛，背部到腹部有黑毛，肚子下有一个两尺多长的肉条。

关于物女，汉代董仲舒曾经也有记载：“干溪有物女，水尽则女见。”

至于物女到底是什么，众说纷纭，还有种说法认为是螭虎。

名

槎精

出处

南北朝刘义庆《幽明录》卷一

晋代罗含《湘中记》

第〇三二号

葛祚是三国东吴的衡阳太守。

衡阳郡境内，有一个巨大的木筏子横在水面上，兴妖作怪。老百姓没有办法，便为它修了一座庙，过往行人都要祭拜它，向它祈祷，那木筏子才沉下去，否则便会浮在水面上，破坏过往的船只。

葛祚即将调离，他希望在临走之前为民解除这一忧患，于是决定大动刀斧。

在动手前夜，葛祚听见江里人声喧闹，便带人前去查看，只见那木筏子竟然自己移动，顺流漂行了好几里，停在一个湾子里。从此，过往船只再也不用担心被颠覆沉没了。衡阳的老百姓很感激葛祚，便为其立碑，上面写着“正德祈禳，神木为移”。

衡山也有一座白槎庙。很久以前，人们就传说：早年，这里有一个神奇的木筏子，皎然白色，向它祈祷没有不灵验的。

晋代孙盛来此任郡守，他不信鬼神，便让人将其毁掉。不料，那斧子砍下去，木筏子竟然流出血来。

当天夜里，水流奇迹般地将木筏子送往上游，只听鼓号声声，不知停在了什么地方。后来，这座庙便逐渐荒废了，如今还有一个白槎村留存着。

名

蚳

出处

晋代干宝《搜神记》卷十二

水篇

第〇三三号

蚳是水精的一种，生长在小水洼中。

蚳长得很有趣，一个脑袋，两个身子，外形和蛇很像，长八尺。

如果有人抓住它，并喊它的名字，可以让它捉鱼鳖，十分方便。

名

河伯女

出处

南北朝刘义庆《幽明录》卷一

水篇

第〇三四号

阳羡县有个小吏，名为吴龛。他的主人住在溪南。

有一天，他坐船过溪时，看见溪水中有一块五色的浮石，很可爱，便将其拾起带回家，放在床头。

到了晚上，那块石头竟变成了一个女子，自称是河伯女。

名

龙马

出处

唐代郑常《洽闻记》

唐代张读《宣室志》卷二

龙马，传说是水中的一种精怪，被认为是一种瑞兽。

汉章帝时期，王阜在益州担任太守，政绩卓著，有四匹龙马从滇池中跑出来。

唐代武德五年三月，景谷县西边的水里也出现了龙马，身长八九尺，龙身马头，长着鳞甲，五彩斑斓，头顶上长着两只角，白色，嘴里衔着一个长三四尺的东西，在水面上奔跑了一百多步，就消失了。

唐玄宗时期，也有过关于龙马的记载。

泰山到大海一带出产玄黄石，据传吃了可以长寿，唐玄宗便命临淄太守每年进贡。

开元二十七年，李邕出任临淄太守，那年秋天，他亲自带着众人进山采玄黄石，半路上碰到一个老头。老头留着大胡子，身着褐色衣服，风度翩翩，从道路旁边走到近前，拉住李邕的马，说："太守你亲自采药，是不是为了给皇上延寿？"李邕说是。老头说："皇上是圣主，应当获得龙马，如果是那样，国家就会世代延续，不需要再采什么玄黄石了。"李邕问："龙马在什么地方？"老头说："在齐鲁一带的荒野里，如果能得到，天下就会太平，即便是麒麟、凤凰之类的祥瑞之兽，也比不上它。"说完，老头就不见了。

李邕就命人到齐鲁一带寻找龙马，开元二十九年五月，在一个叫马会恩的人家里找到了。

龙马通体呈青白色，两肋长有鳞甲，鬃尾像龙的鬣毛，一天可以跑三百里。

李邕问马会恩是怎么得到这匹龙马的，马会恩说：

“我家里有匹母马，经常跑到淄水洗澡，后来怀孕就生下了它。”

李邕把这件事具表上奏唐玄宗，唐玄宗得知后十分高兴，即让人把龙马养在宫中，并且命令画工将龙马的形象画出来，昭告天下。

名

马绊

出处

元代陶宗仪《南村辍耕录》卷十
明代谢肇淛《五杂俎》卷十五

第〇三六号

马绊，也叫马判，是一种生活在水中的妖怪。

元代时，冯梦弼担任八番云南宣慰司令史。一天，他因为公差前往一处驿站，抵达时已经是黄昏了。

驿站的小吏见状，上前告知："今夜马判上岸，大人你务必留在驿站避开它。"冯梦弼问怎么回事，小吏闭目摇头不语。

冯梦弼对此有些生气，不听劝阻，翻身上马，径直前行，骑马走了几十里，来到一条大溪旁边，忽然看到一个东西大如屋子，朝自己的方向移动。

从驿站跟来的一名手下见了妖怪，下马跪倒在地，哭泣不止。冯梦弼问他干什么，他闭目摆手不敢回答。

冯梦弼对怪物说："我是许昌人，来这里做官，若是我天命当尽，你把我吃了，否则赶紧让开路让我过去！"说完，怪物竟掉头没入溪水中，掀起腥风臭雾，袭人口鼻。

见此，冯梦弼拨马就往回走，天快亮时，才回到了之前的驿站。

驿站的小吏听闻了这事，惊道："这位大人，你胆子未免也太大了！"

冯梦弼问马判那到底是什么东西，小吏回答："蚂蟥精。"

后来，冯梦弼做官一直做到了礼部尚书。

名

庆忌

出处

唐代释道世《法苑珠林》卷四十五（引《白泽精怪图》）

晋代干宝《搜神记》卷十二

第〇三七号

庆忌是水泽里的精怪。

当沼泽湖泊干涸上百年，草木禾谷皆无法生长，但是水源又没有彻底断绝，就会生出庆忌。

庆忌的长相和人差不多，身高四寸，穿黄色衣裳，头戴黄色帽子，打着黄色伞盖，骑着一匹小马，奔跑起来速度飞快。

如果有人喊他的名字，可以让他千里之外当天赶回来，或可不迷路。

名

水太尉

出处

宋代王明清《投辖录》

宋代洪迈《夷坚志·夷坚丙志》卷第六

第〇三八号

在宋徽宗大观年间，湖北提学李夷旷因事前往湖北。

大船驶到了一个驿站，李夷旷想去住宿，看到驿站上挂了一个大牌子，上面写着“水太尉占”。

当时周围只有这个地方可供住宿，李夷旷便前去拜见对方，希望能借宿一晚。

过了一会儿，里面走出来一个穿着青色衣服的年轻男子，模样长得有点儿像庙里供奉的勾芒，一手拄着拐杖，一手牵着一只像狗但比狗高、像羊却没有角的怪物。

这个年轻男子带着十几个美丽的女子飞奔而出，走入驿站门外的大池水中，就消失了。

名

东海鱼

出处

汉代刘歆《西京杂记》卷五

晋代郭璞《玄中记》

第〇三九号

传说东方最大的动物是东海鱼。

人们出海之后，在第一天会遇见鱼头，航行到第七天才能看见鱼尾。

每当东海鱼生产之时，方圆三百里的海水都会被染成血红色。

从前有个在东海航行的人，遇到风暴，大船漏水，随着风浪漂了一天一夜，最后漂到一个孤岛上。

船上的人以为得救了，都很高兴，走下船把缆绳拴在石头上，登上孤岛准备煮食。

结果食物还未煮熟，孤岛就沉没了。

他们登上船之后，才发现刚才的小孤岛是一条东海鱼。这条大鱼在海面上吞吐着波浪，游得像风吹云飘。

名

龟宝

出处

五代刘崇远《金华子杂编》卷下《龟宝》

第〇四〇号

有个叫徐彦若的人去广南，将要渡海的时候，他的手下在海边捡到一个小琉璃瓶，瓶子里有只小龟，小龟有一寸多长，在瓶里爬来爬去，不知道是怎么装到里面的。

这人觉得很好玩，就把它带上了船。

这天晚上，大家忽然觉得船的一侧十分沉重，几乎都要倾斜了。

大家出去一看，发现无数的龟层层叠叠往船上爬。

众人很害怕，就祈祷一番，将那个小琉璃瓶扔进了海里，那些龟也就散去了。

后来有人说那是龟宝，是世间少有的珍宝，如果得到了放在家里，就会变成大富豪。

名

海术

出处

唐代段成式《酉阳杂俎·续集》卷八

水篇

第〇四一号

南海中有一种水族，左前脚长，右前脚短，嘴巴长在肋旁的背上，经常用左脚捉东西，然后放在右脚上。而它的右脚长有牙齿，能够把食物嚼烂，送入嘴里。

这种妖怪大的有三尺多长，叫唤时会发出“术术”的声音，所以当地人称之为“海术”。

名
何罗鱼
出处
战国《山海经》卷三

第〇四二号

谯水从谯明山发源，向西流入黄河。

水中生长着很多何罗鱼，长着一个脑袋却有十个身子，发出的声音像狗叫。

人吃了它的肉就可以治愈痈疮。

名

鳃鱼

出处

清代李调元《南越笔记》卷

第〇四三号

鯤鱼，也叫鳖鱼，是一种两丈多长的大鱼，脊背如同刀刃般锋利，曾经出现在南海庙前。

有的时候它们一年出现好几次，有的时候数十年才出现一次。

如果它们出现，就会发生瘟疫。

这种鱼有黑色和白色两种。其出现的时候会狂风大作，所以也叫风鱼。

名

马首鱼

出处

南北朝郦道元《水经注》卷三十六

扶南象浦有很多深潭，里面有一种鱼，其色漆黑如墨，身长五丈，长着马的脑袋，等人入水的时候，就去害人。

名

蟠龙

出处

南北朝沈怀远《南越志》

第〇四五号

蟠龙，身长四丈，青黑色，长着赤色的条带、五彩的纹路，经常顺流而下浸入海中，有剧毒。若人为蟠龙所伤，人会死掉。

名

三足鳖

出处

战国《山海经》卷五

第〇四六号

有座山叫从山，从山上到处是松树和柏树，山下有茂密的竹丛。

这座山的山顶有水源，水流从山顶发源后潜流到山下。

水中有很多三足鳖，长着分叉的尾巴，人吃了它的肉可以不患蛊惑之病。

名

蛇藤

出处

南北朝刘敬叔《异苑》卷八

第〇四七号

晋代孝武帝太元十二年，苏州有个人临水而居，一天看到水中出现一个奇怪的东西，状如青藤，但没有枝叶，没几天就长得很粗壮。

于是，这个人就用斧头砍伐，仅砍了几下，这藤便流出了血，还发出公鹅一般的叫声，剖开藤，内里竟然有一枚卵，形状像鸭蛋，一端像蛇的脸。

名

石鱼

出处

宋代黄休复《茅亭客话》卷九《鱼化为石》

第〇四八号

宋代，青城县有个以打鱼为生的人，叫李克明。

一天，他打鱼回来，把竹篓里面的鱼倒进竹器里，有一条鱼忽然变成了石头，长约四寸，石头上的鱼鳞如同真的一样。

李克明的妻子很喜欢，就将这块石鱼拿出来给儿子玩。

儿子把石鱼放在盛满水的碗里，石鱼就活了。

把这石鱼放在陶制的容器里又会变回正常的鱼，但捞出来就会变成石头，看到的人都觉得惊奇。

后来有人把这条石鱼敲断了，它就再也没有活过来。

名

水猴

出处

宋代郭彖《睽车志》卷三

第〇四九号

宋代，有个叫陈森的人夜里在无锡住宿，忽然就得了病。

他的儿子陈充急忙找来大船去接父亲，出发时已是次日黄昏。

到了夜里，陈充因为担心父亲的病情，在船里辗转反侧。船上还有其他同行的人，吃肉喝酒，闹腾得很。

三更时分，有人看到有个长得如同猕猴的怪物，从水中跳出来，落到船上。大船顿时剧烈晃动，快要沉没，船里的人都很害怕，呵斥那怪物。

怪物向那些人要肉，有人扔了一块肉给它，它接住肉后，跳进水中消失了。

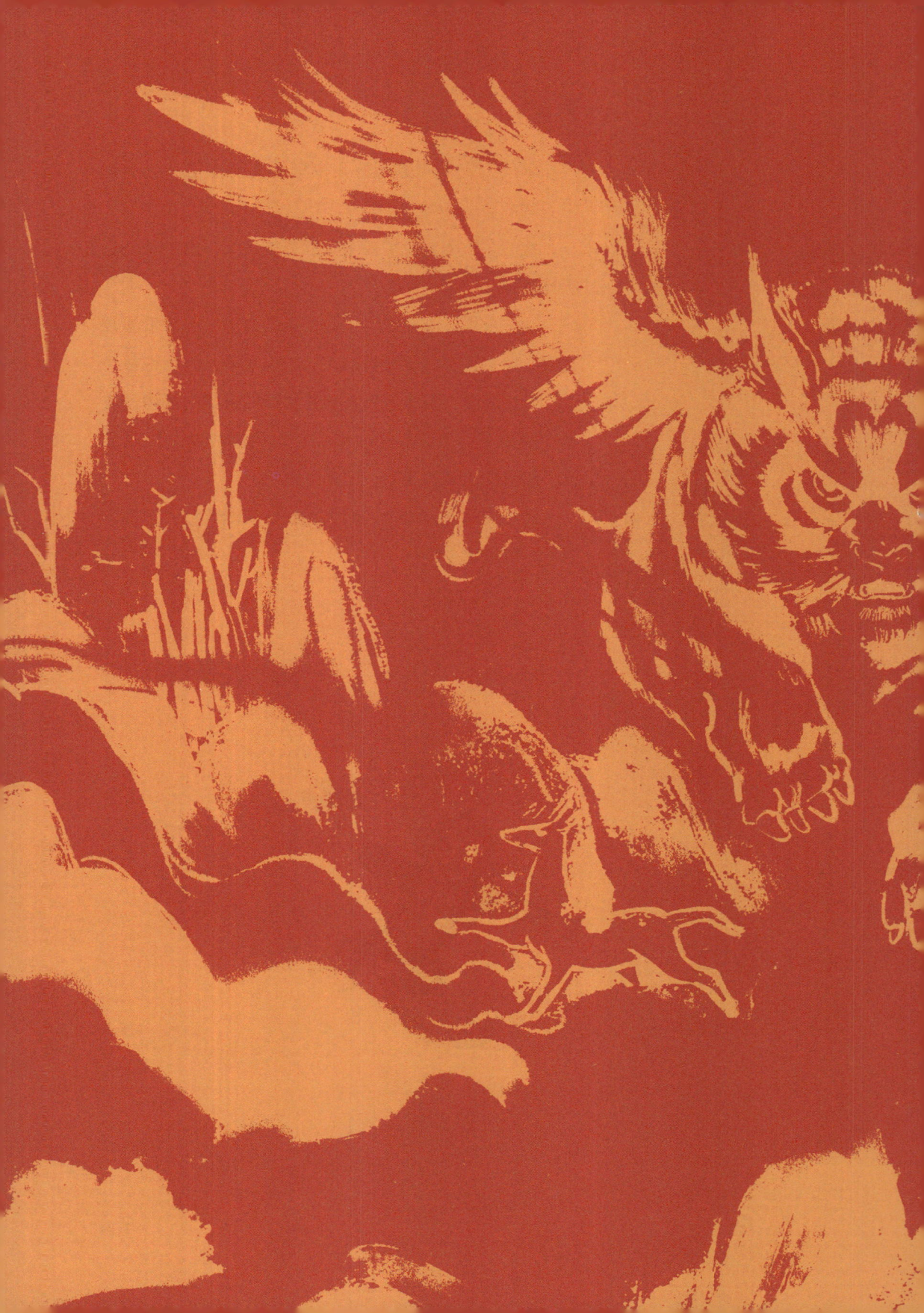

荒篇

名

盟精

出处

唐代戴孚《广异记》

唐代谷神子《博异志》

第〇五〇号

古人称随葬品为盟器，这些东西因接触阴气，日久就会出现异变。

唐代，有个人叫李华，小时候和五六个同伴在济源山庄读书。半年后，一个须发皆白的老人，每天晚上都会骑坐在院墙上，拿着一块拳头大小的石头砸李华他们，一连好几个月，李华等人深受其苦。

邻居中有一位姓秦的别将，以善于射箭闻名。李华前去拜见，详细说了这件事。秦别将很痛快地拿着弓箭来到山庄等候。

到了晚上，那个老人又来了，和以前一样不停地投掷石头。秦别将瞅准那老人投掷乱石的空隙，弯弓射箭，只一箭便射中了他。走近一看，这原来是一个木制的陪葬器皿。

同样在唐代，颍阳蔡四也碰到了盟精。他是个很有

文采的人。每当他吟咏诗词的时候，就有一个妖怪来到他的床上，有时向他请教道理，有时与他一同欣赏诗词。

蔡四问它："您是何方鬼神，竟降临光顾？"妖怪说："我姓王，家里排行老大。因为羡慕你的才华和品德而来。"蔡四开始很害怕，时间一长，渐渐同他熟络起来。

蔡四的朋友有个小仆人能看见不寻常的东西，蔡四试着让他观察一下，小仆人一看吓得战战兢兢。蔡四问他那妖怪长什么样，小仆人说："我看见有个大妖怪，身高一丈多，还有几个小妖怪跟在后面。"

过了一段时间，妖怪对蔡四说："我想嫁女儿，临时借你的房子用几天。"蔡四不得已，只能答应。

又过了几天，妖怪说："我们要设斋。"它想向蔡四借食物、器皿及帐幕等物。如此种种，经常向蔡四提出各种要求。

因为家中出现妖怪，蔡四让全家人都随身携带千手千眼佛的符咒，这样妖怪就不来了。但是如果有丰盛的荤腥食物，那么妖怪一定会来。

后来，蔡四跟在这些妖怪后面，走了五六里，来到一处树林中的坟地时，它们突然不见了。

蔡四记住了它们消失的地点，第二天带人去查看，发现那里是一个荒废的坟墓，墓中有几十件陪葬的器物，当中最大的陪葬人俑，脑门上有个"王"字。

蔡四说："这个大概就是王大吧。"

于是，大家堆积柴草，将这些陪葬器物全部焚烧，妖怪也就从此绝迹了。

名

影娘

出处

清代乐钧《耳食录二编》卷一

某地有座青莲山，景色优美。

一年春天，有个书生到山中游玩，在水边捡到一支玉钗，喜欢得很，随时捡起来把玩。忽然，书生看见水中映出一个美丽女子的身影。他转过头，却发现身后无人，但是再看水中，女子的身影依然在。过了一会儿，微风吹来，水面泛起涟漪，影子就消失了。

书生怅然若失，悻悻地回到家中，没想到在他照镜子的时候，那女子出现在镜子里，对书生眉目传情。书生取出玉钗问是不是那女子的，女子摇头，微笑着离开了。于是书生翻过镜子，却见后面空空如也，只听到空中传来咯咯的笑声。过了一会儿，那女子说："你只要焚烧沉香，将玉钗供在桌上，我就会出来，和你在镜子里相会。"书生依言，果然如此。

从这以后，书生和女子频频在镜子里相会，十分快乐。

书生的家人发现了这件事，以为镜子是妖怪，就把镜子摔在地上。书生很伤心，不过那女子之后又出现在其他的镜子里，家人只得把家里所有的镜子都藏了起来。

书生整日长吁短叹，一天，看到案头放着一朵芍药花，不知道是从哪里来的，继而听到有人说话："你到西边的池塘，我要和你告别了。"书生赶到池塘边，看见女子出现在水中，随即消失不见。

书生相思成病，不吃不喝。于是家人请来一个道士，道士问玉钗在什么地方，又给书生吃下一颗丹药，书生的病才好。

道士说："你前世也是个书生，经过邻居家，邻居的女儿叫影娘，把玉钗掉在了窗户下，你捡起来还给了她，自此两情相悦，后来那女子死了，但是你们的情缘还未了，所以她就来找你了。"

道士给了书生一个小瓶，对他说："你某天去青莲山，会看到一棵梅花树上有千百只翠鸟在飞翔，你就捧着瓶子面向西方，大喊三声：'来来来！'就会有所际遇。"

书生按照道士说的做了。突然，一缕紫烟飞入瓶中，瓶子里还有人说话：

"来了！"

书生捧着瓶子回家，放在屋里，很快瓶子变大，从里面走出来一个女子，正是影娘。

这时候，道士来了，要回瓶子，笑着说："差点儿把我瓶子弄坏了。"说完，道士收了瓶子就消失了。

影娘告诉书生："这个道士大概就是申元之吧。"

名

狼鬼

出处

唐代释道世《法苑珠林》卷第四十五（引《白泽精怪图》）

第〇五二号

坟墓之精，名为狼鬼，遇见人，就会和人争斗不休。

要想对付它，得用荆棘做箭，用鸱鸟的羽毛做箭羽，用桃木做弓，然后用这样的箭射它。这样一来，狼鬼就会变成风，这时脱鞋扔向它，它就不会再化形了。

名

沉鸣石鸡

出处

晋代王嘉《拾遗记》卷七

东汉建安三年，胥徒国进贡了一只沉鸣石鸡。这只石鸡，通体呈红色，大小跟燕子差不多。

石鸡生活在地下，按时鸣叫，其叫声清晰洪亮，能传到很远的地方。

胥徒国的人听到石鸡的叫声，就会杀牲畜祭祀它。

在石鸡鸣叫的地方挖地，就能找到这只鸡。

如果天下太平，石鸡就会在空中上下翻飞，人们把这种现象视为祥瑞，所以又把这种鸡叫作宝鸡。

胥徒国没有普通的鸡，人们通过听地下石鸡的鸣叫来计算时间。

有个道士说："从前仙人相君去采石料，入洞穴几里深，得到红色石鸡。捣碎了做药，服了能使人长寿。"

名

冰蚕

出处

晋代王嘉《拾遗记》卷十

第〇五四号

在北冥蛮荒的员峤山上，有一种妖怪叫冰蚕，长七寸，黑色，有角，有鳞，性至阴，含剧毒，以柘叶为食。如果用霜雪覆盖它，它就会作茧，蚕茧长一尺，色彩斑斓。

冰蚕的丝极为坚韧，刀剑砍不断，可以做琴弦。用其丝织出来的布放进水里不湿，遇到火不会烧焦。

冰蚕喜战好斗，两蚕相遇，不死不休，死者可化茧，茧破则复生，可历九死九生。

这种蚕，十丈之内，都不能靠近，否则人就会被冻死。

如果得到它，放在火里烧，便可以得到冰蚕珠魄，乃是人间的至宝。

名

马见愁

出处

宋代佚名《致虚杂俎》

荒篇

第〇五五号

西域有一种妖怪，叫马见愁，长得像狗。

它要是嘴里含水，喷在马的眼睛上，马就会头脑眩晕、昏昏欲死，因此马都很惧怕它。

唐代宣宗时期，有人向皇帝献上它的皮毛。宣宗收到后，将之赐给群臣。群臣们把这皮毛编成马鞭。只要将这种马鞭扬起来，不需要打马，马就会受到惊吓，立即疾驰而去。人们称这种马鞭为“不须鞭”，意为不需要真正鞭打的马鞭。

名
白骨小儿
出处
唐代戴孚《广异记》第六卷

荒篇

第〇五六号

唐代贞元十七年，汝南人周济川在扬州的西郊有一座豪宅。他兄弟几人都好学，有一天夜里听完讲授，已经大约三更天了，各自躺在床上准备睡觉，忽然听到窗外传来咯吱咯吱的声音，持续了很久都不停。

周济川从窗缝往外看，只见一个白骨小儿，在院子里四处奔跑，一会儿叉手，一会儿摆臂，咯吱咯吱的声音其实就是骨节摩擦发出的声响。

周济川招呼兄弟一起看，过了很久，他的弟弟巨川厉声呵斥。白骨小儿说："阿母给我奶吃。"巨川抬手打了他一掌，小孩跌倒在地上，随即一跃而起，动作敏捷得像猴子。

家人听见了动静，纷纷起身，抄着刀棒要打那白骨小儿。奇怪的是，那小儿的骨头一节一节地散开，然后又连在一起，不停发出声说："阿母给我奶吃。"

周家人赶忙用布袋把他装起来，投到城外四五里的一个枯井中。

第二天夜里，这白骨小儿又来了，手拿着布袋，十分得意。周家人再次将他装进布袋里，正要背他走时，他在袋中说道：“明天我还会来。”果然，第三天，白骨小儿又来了。

周家人没办法，找来一根大木头，将中间凿空，把它装在里面，用大铁片盖住两头，又用钉子钉上，最后用一把铁锁锁住，挂上大石头，扔进了江里。

抬起这“棺材”时，白骨小儿在里面说：“感谢用棺椁相送。”之后，那白骨小儿就没再来了。

名

干鹿子

出处

清代袁枚《续子不语》卷四

云南这地方有很多金矿。然而，矿工有时会因为矿道崩塌而被埋在土里面，无法脱身。几十年或上百年后，这些矿工的尸体被金气滋养，竟不会腐烂，他们虽然看起来像没死，但是其实已经死了。这些矿工尸体就是干麂子。

矿工在矿道中劳作，苦于地下黑暗，都会在脑门上点一盏油灯。

遇到矿工的时候，干麂子非常高兴，会向矿工说自己很冷，乞求能给一点儿烟抽。抽完烟，干麂子就会跪倒在地，求矿工把他带出去。

矿工说：“我来这里是为了找金子，怎么能空手而出呢，你知道金脉在什么地方吗？”干麂子就带矿工寻找，往往能找到金脉。

快要出去时，矿工就骗他，说：“我先出去，然后放篮子进来接你。”

矿工出去后，放下一个篮子，干麂子爬进去，等篮子吊到半空时，剪断绳子，干麂子掉到地上就被摔碎了。

有个矿工很善良，觉得干麂子很可怜，接连拉上来七八个干麂子。

那些干麂子一见风，衣服、皮肉都立即化为黑水，腥臭无比，凡是闻到的人，都会染上瘟疫死掉。

又相传，在地下矿洞遇到干麂子，如果人多于干麂子，众人可以合力把他们摁到土壁上，四面用泥土封住，然后在上面放一盏油灯，干麂子就不会作祟了。

如果人少于干麂子，那就会被他们死缠着不放。

名

北门邪

出处

清代屈大均《广东新语》卷二十八

第〇五八号

清代时，从琼州到崖州，所有州县北面的城门都不开。

以前，这一带经常有鬼来到集市，用纸钱买东西，等商人发现时，那些纸钱都变成了灰烬。所以，商人们在收到纸钱之后，都会将其放在水里面检验，如果纸钱漂在水面上，那么买东西的就是鬼。

有个风水先生说：“对付这种鬼，要把北门关闭，盖上真武庙镇服它。”

后来官府按照风水先生的说法办了，果然鬼就消失了，所以各个州县都这么做。

名

韩朋鸟

出处

晋代干宝《搜神记》卷十一

唐代刘恂《岭表录异》卷下

第〇五九号

韩朋鸟，一种与野鸭水鸟相类的鸟，生活在溪水湖泊之间。相传，韩朋鸟是由韩朋夫妻的灵魂所化。

古时有个人叫韩朋，他的妻子生得貌美，被宋康王强夺。韩朋心生怨恨，宋康王便将他囚禁起来，韩朋随后自杀了。

韩朋的妻子和他很恩爱，被宋康王抢夺之后，私下故意将衣服弄得破烂，等到和宋康王一同登上高台游玩的时候，趁机跳下。宋康王的随从想拉住她的衣服，但衣服一扯就烂，最终没能拉住，她从高台掉下去，摔死了。

她在衣带中留下遗书说："希望把我的尸体还给韩朋，与他合葬。"

宋康王很生气，把她埋在了韩朋坟墓的对面，让他们就算变成鬼魂，也只能遥相对望。

过了一夜，忽然有梓树从二人的坟上长出，树根在地下交织在一起，树枝在地上相连，树上还有像鸳鸯一样的鸟，它们经常栖息在树上，从早到晚悲切地鸣叫。

名

精卫

出处

战国《山海经》卷三

荒篇

第〇六〇号

发鸠山上生长着茂密的柘树。

山中有一种禽鸟，外形像普通的乌鸦，却长着花脑袋、白嘴巴、红足爪，这就是精卫鸟。

精卫鸟原是炎帝的小女儿，名叫女娃。

女娃到东海游玩，淹死在东海里，就变成了精卫鸟，常常衔着西山的树枝和石子，想把大海填平。

名

痘花婆

出处

清代俞樾《右台仙馆笔记》卷十六

荒篇

第〇六一号

清代时，小孩出痘也叫出花。

有一户人家，两个儿媳妇的儿子都出痘，大儿媳的儿子已经病危，小儿媳的儿子刚刚发作。

有天晚上，小儿媳梦见一个卖花的老婆婆，小儿媳就和大儿媳一起买了花，然后，小儿媳用自己手里的花，和大儿媳的花做了交换。

醒来后，小儿媳发现大儿媳的儿子病好了许多，自己的儿子反而病情严重，奄奄一息。

小儿媳恍然大悟，是因为梦里交换了卖花老婆婆的花，才会这样。

名

博泥鬼

出处

清代曾衍东《小豆棚》卷十一

第〇六二号

清代，豫章有座灵官庙，地处偏僻，庙宇年久失修，但里面的神像仍栩栩如生。乞丐、无赖经常在这里聚集，晚上很多人赌博。

有个叫陈一士的人，赌瘾很大，经常到庙里和一帮无赖赌博，却越赌越输，于是去庙里的次数也就越来越多。

有一天，有个留着短胡须的人也来赌博，穿着像衙役的衣服。这人运气很好，每次都能赢。场上的人都不知道他是谁，问他住在哪里，也不说。时间一长，这人把陈一士和众人的钱都赢了去。陈一士和无赖们设局，也没能赢他。陈一士觉得奇怪，就暗中跟随，发现他出了庙门就消失了。第二天，这人来的时候，众人一拥而上要揍他，那人仓皇逃跑，就再也没有出现。

当时，豫章下了几个月的雨，庙门前原来有两匹泥塑的马，由两个泥鬼牵着，其中的一个泥鬼有着短短的胡须，在雨水的浇淋之下，短须泥鬼牵的马塌了，肚子里掉出了很多铜钱。众人上前疯抢，发现里面足有十几吊钱，数了数，数量正好是众人输的那些钱。众人这才明白，那个短须人就是这泥鬼。

名

长恩

出处

明代张岱《夜航船》卷十八

第〇六三号

守护书籍的鬼，名为长恩。

除夕这天，大喊它的名字并祭祀它，老鼠就不敢咬家里的书，书也不会生蛀虫。

名

赤鬼

出处

晋代荀氏《灵鬼志》

南北朝刘敬叔《异苑》卷四

第〇六四号

东晋年间，平原人陈皋坐船途经广陵的樊梁，忽见一个赤鬼跳到船头。这赤鬼有一丈来高，头戴一顶像鹿角的绛色帽子，要求搭船。没等陈皋答应它就上了船。

陈皋见状，放声唱起了南方家乡的民谣，那赤鬼似乎不喜欢听，又吐舌头又瞪眼睛。

陈皋很生气，拿起棍子就打，赤鬼立刻散成一团火，把周围都照亮了。

不久之后，陈皋就死了。

南北朝时，又有个叫谢晦的人，在荆州看见墙角有一个红色的鬼，有三尺来高。

鬼来到他面前，手里拿着个铜盘，里面满满一盘血。

谢晦接过来，铜盘变成了纸盘，不一会儿鬼就不见了。

名

大头鬼

出处

清代东轩主人《述异记三卷》卷中
清代况周颐《眉庐丛话》

第〇六五号

在清代的奉天城内，每到三更时分，很多人能听到敲梆子的声音。

有人爬起来偷看，看见一个东西，人形，头大如斗，嘴巴像簸箕，张着嘴发出敲梆子的声音，全身长满黄毛。

老百姓听闻此妖怪出没，都十分惊慌。

然而，当地却有无赖模仿这种声音，趁机掠夺财物，闹腾了很久，后来官府严查才得以平息。

至咸丰年间，北京也有传闻出现了大头鬼。

据说，这鬼头很大，碰到小门就无法通过。

后来在咸丰年间的科举考试期间，大头鬼也有现身。

有人看到，大头鬼脸上金光闪闪，身材圆润。

凡是看到它的人，如果是当官的，一定会升官，如果是读书人，就一定会中举。人们都说是势利小人装出一副傲慢自大的样子。

名

儿回来

出处

清代褚人获《坚瓠集》丁集卷之二

第〇六六号

在开封、洛阳附近的深山中，有很多奇异的鸟，有种鸟名为“儿回来”，它叫的时候，声音像在说“儿回来！儿回来！娘家炒麻谁知来！”。

相传，曾经有个继母，偏爱自己的亲生儿子，对丈夫前妻的孩子很刻薄。

有一次，继母把生麻子交给亲生儿子，把炒熟的麻子交给继子，告诉他们：“把麻子种下，长出麻，才能回家。”

两个孩子不知道，就拿着麻子离开了家。

她的亲生儿子和前妻的儿子交换了麻子，就再也没回来。

结果，亲生儿子种下熟麻子，根本发不了芽，就一直留在外面；而继子种下生麻子，生麻子发了芽并茁壮成长，他就顺利回了家。

继母十分思念亲生儿子，死后便变成了这种鸟，天天叫着“儿回来！儿回来！”。

名
勒毕人
出处
汉代郭宪《别国洞冥记》卷第二

荒篇

第〇六七号

有个国家叫勒毕国，这个国家的人只有三寸高，长着翅膀，能说会道，所以也叫善语国。

勒毕人有个习惯，就是喜欢飞到阳光下晒太阳，等身体晒热了就飞回家。

他们靠喝丹露为生。

所谓的丹露，指的是太阳刚出来时的露珠。

名

画皮

出处

清代蒲松龄《聊斋志异》卷一

荒篇

第〇六八号

清代，太原有个书生名为王生，早上出行，遇见一个女郎，怀抱包袱，独自赶路，步履非常艰难。王生急跑几步赶上她，发现原来是个十六七岁的美貌女子。王生心里非常喜欢她，就问女子："为什么天色未明就一个人孤零零地出行？"女子说："你也是行路之人，不能解除我的忧愁，哪里用得着你费心问我。"王生说："你有什么忧愁？或许我可以为你效力，我绝不推辞。"女子黯然地说："父母贪财，把我卖给大户人家做妾。正妻十分妒忌，早晚都辱骂责打我，我不堪忍受，就逃了出来。"王生问："你去什么地方？"女子说："在逃亡中的人，哪有确定的地方。"王生说："我家不远，你跟我回家吧。"女子很高兴，就听从了王生的话。

王生带着女子一同回家，女子环顾四周看室中没有别人，就问："你怎么没有家眷？"王生回答说：

“这是书房。”女子说：“这地方很好。但还请你一定要保守秘密，不要泄露消息。”王生答应了她，然后二人同床共枕。

王生把女子藏在密室中，过了几天把情况大略地告诉了妻子。妻子陈氏怀疑女子是大户人家的陪嫁侍妾，劝王生打发女子走。王生不听。

一天，王生去集市，偶然遇见一个道士，道士回头看见王生，十分惊愕，就问他：“你是不是碰到了什么不干净的东西？”王生回答说：“没有。”道士说：“你身上有邪气萦绕，怎么说没有？”王生又尽力辩白，道士这才离开，说：“糊涂啊！世上竟然有死到临头而不醒悟的人。”王生因为道士的话奇怪，有些怀疑那女子，转而又想，明明是漂亮女子，怎么至于是鬼怪，猜想道士肯定借作法驱妖来骗取食物，就没放在心上。

没过多久，王生去书房，发现门从里面锁上了，推不开。王生有点儿怀疑，就翻过残缺的院墙，蹑手蹑脚走到窗口窥看，只见一个面目狰狞的鬼，翠色面皮，牙齿长而尖利，像锯子一样。鬼在榻上铺了张人皮，手拿彩笔正在人皮上绘画，不一会儿扔下笔，举起人皮，像抖动衣服的样子，把人皮披到身上，变成了那个女子。

看到这种情状，王生十分害怕，到处寻找那个道士，找到后，跪在道士面前乞求他解救自己。道士说：“这鬼也很苦，刚刚找到替身，我也不忍心伤害她。”于是把手里的蝇拂交给王生，令王生把蝇拂挂在卧室门上。临别时，二人约定在青帝庙相会。

王生回家后，不敢进书房，于是睡在内室，在门上悬挂蝇拂。一更左右，听到门外有牙齿磨动的声音，自己不敢去看，叫妻子去窥看情况。妻子看到女子来了，这女子远远望见蝇拂不敢进门，站在那儿咬牙切齿，很久才离去。过了一会儿，女子又折返回来，扯碎蝇拂，撞门而入，径直登上王生的床，撕裂王生的肚腹，掏取王生的心后离去。

王生的妻子号啕大哭，婢女进去用灯探照，发现王生已死，血流得到处都是。

陈氏害怕，躲在卧室里不敢出声，天亮后，叫王生的弟弟二郎跑去告诉道士。道士听了，十分生气，说："我本来同情她，想不到她竟然如此大胆！"说完，道士跟随二郎一起来到王家。女子已经不知去向。道士仰首向四面观望，说："幸好逃得不远。"又问："南院是谁家？"二郎说："是我住的地方。"道士说："现在就在你家里。"二郎十分惊愕，认为家中没有。道士问道："是否有一个不认识的人来？"二郎回答说："我实在不知道，你稍等一下，我去问问。"去了一会儿又返回来，说："果然有个这样的人。早晨一名老妪来，想要为我们家做仆佣，我妻子留下了她，现在还在我家。"道士说："这就是那个鬼。"于是和二郎一起去了他家。

到了二郎家中，道士拿着木剑，站在庭院中心，喊道："孽魅！赔我的蝇拂来！"老妪在屋子里，十分慌张，出门想要逃跑。道士追上去击打老妪。老妪扑倒，人皮哗的一声脱下来，变成了恶鬼，躺在地上像猪一样地嗥叫。道士用木剑砍下恶鬼的脑袋。鬼身变成一团浓烟，旋绕在地。道士拿出一个葫芦，拔去塞子，把葫芦放在浓烟中，瞬息便将浓烟吸尽。道士塞住葫芦口，把葫芦放入囊中。大家一同去看人皮，只见皮上眉目手足，没有一样不具备。道士把人皮卷起来装入囊中，告别想要离去。

陈氏在门口跪拜道士，哭着求道士复活王生。道士推辞无能为力。陈氏更加悲伤，伏在地上不肯起来。道士沉思之后说："我的法术尚浅，实在不能起死回生。你们去找一人，去求他一定会有效果。"陈氏问："什么人？"道士说："集市上有个疯子，常常躺在粪土中。你试着哀求他。"二郎陪同嫂嫂一起去找疯子。

在集市上，二人见到一个乞丐疯疯癫癫地在道上唱歌，鼻涕流有三尺长，全身肮脏得令人难以靠近。陈氏跪下来苦苦哀求。乞丐调戏陈氏，还殴打她，陈氏都默默忍受。后来，乞丐答应了他们的请求，救活了王生。

名

聻

出处

唐代段成式《酉阳杂俎》续集卷四

金代韩道昭《五音集韵·上声第七·旨第四》

清代蒲松龄《聊斋志异》卷五

古人认为，人死了，就会变成鬼，鬼死了，就会变成聻。

鬼怕聻，就像人怕鬼一样。所以，从唐代开始，老百姓就喜欢在一张纸上写上“聻”字，贴在门上，用来镇祛鬼祟。

现在，我国江浙个别地区还有“埋聻砖”的习俗，就是把一块刻有“聻”字的石砖砌入房子，达到防鬼、祛邪的目的；在端午，民间的庙宇或是正一派的散居道士会向周围的百姓发放一张祛邪的符，有的是红底黑墨，但多数是黄底黑墨，上书“聻”字，镇压鬼祟。

河南卫辉府的戚生，有胆量。当时一个大户人家有巨宅，因为宅中白天有鬼出没，家里人相继死去，所以愿意把宅子低价卖掉。戚生贪图价廉，便买了下来。两个多月后，一个丫鬟死了。没过多久，戚生的妻子也死了。戚生一人孤苦伶仃，后来来了一个女鬼，自称阿瑞，和戚生情意殷切。

戚生思念去世的妻子，就让阿瑞招来了妻子的亡魂相见。阿瑞让戚生烧了不少纸钱，贿赂了前来捉拿亡魂的鬼差，因此让戚生和妻子欢聚了一段时间。

过了一年多，阿瑞忽然病得昏沉沉的，烦躁不安，神志不清，像是见了鬼的样子。戚生的妻子抚摸着她说：“她这是被鬼弄病的。”戚生说：“阿瑞已经是鬼了，又有什么鬼能使她生病呢？”妻子说：“不然。人死了变成鬼，鬼死了变成聻。鬼害怕聻，犹如人害怕鬼一样。”尽管戚生和妻子想了很多办法，阿瑞最终还是变成了一堆白骨。

后来，戚生的妻子说，阿瑞死去的丈夫变成了聻，听说了她和戚生的事，很愤怒，要报复阿瑞。戚生就请了很多僧人，做了法事，这才让她摆脱了聻的复仇。

名

肥妇

出处

南北朝刘义庆《幽明录》卷四

第〇七〇号

南北朝时期，有个人的家中的一个奴仆，屡次三番请假，说是要回家，这人一直没答应。

过了几天，奴仆在南窗下睡觉，这人看到门外有个妇人，年纪五六十岁，十分肥胖，步履艰难，走到奴仆跟前，将地上的被子捡起来给奴仆盖上，然后走出门去。

过了不久，奴仆把被子蹬掉了，那妇人又出现，给奴仆盖上，如此几次。

这人觉得很奇怪，第二天，问那奴仆为什么要回家。奴仆说家里的母亲病了。

这人询问奴仆母亲的样貌，结果发现跟昨天看到的妇人很相似，就是没那么胖。

这人就问："你母亲得了什么病？"奴仆说："肿病。"这人就让奴仆回家探病。还没出门，奴仆的家里来信，说他的母亲已经病故。

之前这人看到的肥胖妇人，乃是奴仆母亲生前得病肿胀所致。

名

并封

出处

战国《山海经》卷七

第〇七一号

并封，是传说中的怪兽，居住在巫咸国的东边。

它的外形像普通的猪，却前后都有头，通体黑色。

名

鬼大腿

出处

宋代李昉等《太平广记》卷第三百三十二（引《纪闻》）

第〇七二号

宋代，琅邪太守小时候和兄弟们在一起，晚上谈到了鬼神。

兄弟中有个胆大的，说："我才不信呢，哪里有鬼！"没等说完，房檐下忽然出现只鬼，垂下来两条腿。那两条腿很粗大，长着黑毛，脚也很大。

刚才说话的那个兄弟，吓得立刻逃掉躲藏起来。

许诫的内弟却不怕鬼，走过去，抱住鬼的腿，然后脱下衣服把鬼腿捆上。

鬼想抬起腿到屋檐上，因为腿被捆住，上不去，只好又下来，来来回回折腾。

内弟玩够了，觉得无聊，就把鬼放走了。

名

穷奇

出处

战国《山海经》卷十二

汉代东方朔《神异经》等

穷奇是中国古代著名的妖怪，“四凶”之一。

传说穷奇生存在大地的西北方，身体像老虎，长着翅膀能飞。

它能够听懂人的言语，碰到争斗的人，它会吃掉正义的一方；听到人讲忠信之言，它就会吃掉对方的鼻子；碰到做坏事的人，它就会捕杀野兽送给他，鼓励对方多做坏事。

宅篇

名

灯花婆婆

出处

唐代段成式《酉阳杂俎》前集卷十五

第〇七四号

唐代，有个人叫刘积中，常住在长安附近的农庄里。有段时间，他的妻子病重。一天晚上，刘积中还没睡觉，忽然有个身高三尺、白发苍苍的老婆婆从灯花中走出，对刘积中说：“你妻子的病，只有我能治，为什么不向我祈祷呢？”刘积中素来是个刚直的人，知道这个老婆婆是妖怪，就呵斥她。老婆婆说：“你不要后悔！”说完，就消失了。

很快，妻子心口疼得厉害，眼看就要死了。刘积中不得已，向老婆婆祈祷，她就出现了。

老婆婆坐下来，要了一杯茶，对着茶念咒，让人给妻子喝下，妻子很快就病好了。

从此之后，老婆婆常常出入刘家，家人也不害怕。过了几年，老婆婆对刘积中说：“我有个女儿刚成年，

还请你为她找个丈夫。”刘积中不肯，老婆婆说：“我不是让你找人，而是让你用桐木雕刻一个木人，就行了。”刘积中就按照她说的办了，不久，那个木人就消失了。

老婆婆又说：“还烦请你和你妻子为这对新人铺床，那天我会派车子来接你们。”

一天傍晚，果然有车子来到门口，刘积中和妻子没办法，就上了车。天黑来到一个地方，楼宇高大，陈设华丽，如同王公贵族的宫殿一般。刘积中夫妻在恍恍惚惚中参加了婚礼。

又过了几个月，老婆婆来了，拜谢说：“我还有个小女儿，也成年了，还请你再给找个丈夫。”刘积中十分不耐烦，拿枕头砸过去，说：“你这妖怪太骚扰人了！”老婆婆就消失了。

不久，刘积中的妻子心口疼病复发，刘积中一再祈祷，那老婆婆也不出现，妻子不久就死了。

接着，刘积中的妹妹也出现了心口疼的症状，刘积中想搬家，但发现有东西阻拦，也无可奈何。

一日，刘积中正在读书，忽然有个叫小碧的丫鬟进来，发出的声音如同自己死去的朋友杜省躬，说：“我刚从泰山回来，路上碰见一个妖怪拿着你妹妹的心肝，我就夺下来了！”说罢，举起袖子，里面还有个东西在跳动。然后，杜省躬又说：“赶紧把东西安置吧。”说完，屋子里刮起大风，袖子里的东西也消失了。接着，杜省躬就离开了，小碧倒下，醒来后根本不记得这回事。

不久，刘积中妹妹的病就好了。

名

白水素女

出处

晋代陶潜《搜神后记》卷五

宅篇

第〇七五号

晋朝时，有个名叫谢端的孤儿，他很小的时候父母就去世了，好心的邻居收养了他。谢端为人忠厚老实，勤劳节俭。到了十七八岁的时候，谢端不想再给邻居添麻烦，就自己在山坡边搭建了一间小屋子，独立生活，因为家中一贫如洗，一直没有娶妻。邻居们很关心他，帮他说了几次媒，但都没有成功。

谢端也没有因此而失望，仍然每天早起耕作。一天早上，谢端照往常一样去地里劳动，回家却见到灶上有香喷喷的米饭，桌子上有美味可口的鱼肉蔬菜，茶壶里有烧开的热水。他想，一定是哪个好心的邻居帮他烧火煮饭。

没想到，第二天回来又是这样。第三天，第四天……天天如此，谢端心里觉得过意不去，就到邻居家去道谢。他走了许多家，邻居们都说不是他们做的。谢端心想，这一定是邻居好心肠，硬是一再致谢。邻居们笑着说："你一定是自己娶了妻子，把她藏在家里，为你烧火煮饭。"谢端听了心里很纳闷，想不出头绪，于是决定自己探个究竟。

第二天鸡叫头遍，谢端像以往一样，起了个大早，假装离家干活去了，天没亮就往家里赶。家里的炊烟还未升起，谢端悄悄靠近篱笆墙，躲在暗处，全神贯注地看着自己屋里的一切。不一会儿，他终于看到一个年轻美丽的姑娘从水缸里缓缓走出，身上的衣裳并没有被水打湿。这姑娘移步到了灶前，就开始烧火、做菜、煮饭。

谢端看得清清楚楚，快步走进家里，姑娘没想到谢端会在这个时候出现，大吃一惊，又听他盘问自己的来历，便不知如何是好。年轻姑娘想回到水缸中，却被谢端挡住了去路。经过谢端一再追问，年轻姑娘没有办法，只得把实情告诉了他。原来，这位姑娘是天上的白水素女。天帝知道谢端从小父母双亡，孤苦伶仃，很同情他，又见他克勤克俭，安分守己，所以派白水素女下凡帮助他。白水素女又说道："天帝派我下凡，专门为你烧火煮饭，料理家务，想让你在十年内富裕起来，成家立业，娶个好妻子，那时我再回到天上去复命。可是现在我的使命还没完成，却被你知道了天机，我的身份已经暴露，就算你保证不讲出去，也难免会被别人知道，我不能再待在这里了，必须回到天庭去。"谢端听完白水素女的一番话，感激万分，心里很后悔，再三盛情挽留白水素女。但白水素女去意已决。临走前她对

谢端说："我走以后，你的日子会艰苦一些，但你只要干好农活，多打鱼，多砍柴，生活一定会一天一天好起来。我把田螺壳留给你，你可以用它贮藏粮食，能使米生息不尽，壳里的稻谷都不会用完。"正说话时，只见屋外狂风大作，接着下起了大雨，在雨水空蒙之中，白水素女讲完最后一句话便飘然离去。

谢端感激白水素女的恩德，特地为她造了一座神像，逢年过节都去烧香拜谢。而他自己依靠勤劳的双手和白水素女的帮助，日子一天比一天红火，几年之后，他娶了妻子，并当上了县令。

为了感谢白水素女，谢端为她立了庙，就是素女祠。

名

狐妖

出处

晋代干宝《搜神记》卷十八

南北朝杨衒之《洛阳伽蓝记》卷第四

唐代张鷟《朝野佥载》卷六

唐代戴孚《广异记》等

古人认为狐狸这种动物，极有灵性，而且“善为魅”，所以自古以来，狐妖的故事和记载不绝于各种典籍。

狐狸在中国的南方和北方都有分布，北方最多，按照毛色分为黄、黑、白三种，白色的最为稀少。古代人认为狐狸是妖兽，鬼喜欢把它当作坐骑。

对付狐妖的办法有很多种。狐狸怕狗，用狗可以制服它。但千年的老狐，狗也对付不了，这时只有点燃千年的枯木，并用火光照射，才能让它现出原形。除此之外，也可以把犀牛角放在家中，狐妖就不敢闯进来。

北魏时，洛阳有个以唱挽歌为职业的人，名叫孙岩，娶妻三年，妻子一直不脱衣服睡觉。孙岩心里很奇怪。有一回他见妻子睡了，就偷偷解开她的衣服，见她有一条三尺长的尾巴，像狐狸尾巴。孙岩害怕，就休了她，哪料想妻子拿起剪刀剪掉他的头发就跑了。邻居去追她，她变成一只狐妖。从此以后，洛阳城里被剪去头发的有一百三十多个人。听这些人说，狐狸先变成一位妇人，打扮得花枝招展，走在路上。那些喜欢她的人，走近她，就被抓住剪去了头发。所以那段时间，在洛阳，凡是穿着彩色衣服的女人，人们都说是狐妖所化。

唐代初年，百姓大多信供狐妖，在屋里祭祀狐妖以求狐妖施恩。狐妖吃的喝的东西都和人吃的喝的一样。各家供奉的狐妖都不一样。当时有这样的谚语：“无狐魅，不成村。”

传说唐代的贺兰进明与狐妖结婚，每到节令的时候，狐妖媳妇就会住到京城的住宅，还为亲友带去贺兰进明的礼品和问候。每到五月初五这天，贺兰进明家中的仆人都能得到她赠予的礼物。但是，不少人认为狐妖不吉祥，烧了她给的礼物。狐妖悲伤地哭泣说：“这些都是真的礼物，为什么烧了它们？”于是，大家之后再得到她给的东西，就留下使用了。后来有个人向她要个背面上漆的金花镜，她没有，就到别人家里偷了镜子，挂在脖子上，顺着墙往回走，结果被主人家打死了。此后，贺兰进明家就再也没有发生过怪事了。

至唐代开元年间，彭城人刘甲被任命为河北某个县的县令。刘甲带着妻子、仆人前往河北上任，路上经过深山里的一个小店，就在那里住宿。有一个人见刘甲的妻子很美，就对刘甲说：“这里有个妖怪，喜欢偷漂亮女人，凡是在这住宿的，大多被偷去了，你一定要严加提防。”刘甲和家人们很紧张，都不敢睡觉，守在妻子

身边，还用白面把妻子的头和身上涂抹了一遍。五更之后，刘甲高兴地说："妖怪干坏事一般都在夜里，现在天都快亮了，看来是不会来了。"于是他就眯了一小会儿。等他醒来，却发现妻子不见了。刘甲赶紧拿钱雇村里的人帮忙寻找。大家拿着木棒，寻着白面的痕迹往前走，先从窗子翻出去，经过东墙，东墙外有一座古坟，坟上有一棵大桑树，树下有一个小孔，到了这个小孔的地方，白面就不见了。于是大家卖力地往下挖，挖到一丈多深，见下面是个大树洞，有一间屋子那么大，里边一只老狐妖据案而坐，旁边还有几百只小狐妖。狐妖们的前边，有十几个美女站作两行。这些女人有的唱歌有的奏乐，都是被偷来的女子。刘甲带领大家，把这些狐妖全杀了，救回了自己的妻子。

名

钮婆

出处

宋代李昉等《太平广记》卷第二百八十六（引《灵怪集》）

宋代，郓州有个司法姓关，名字不详。他家聘请了一位姓钮的女佣。女佣的年龄渐渐大了，全家上下都叫她钮婆。钮婆还有一个孙子，叫万儿，年龄只有五六岁，每次都随钮婆一起来。关司法有个儿子，叫封六，与万儿高矮相仿。这两个孩子经常在一起玩耍嬉戏。

每当封六做件新衣服，关司法的妻子必定把换下来的旧衣服送给万儿。一天早晨，钮婆忽然生气地说道："都是小孩，怎么还有贵贱之分？你们家孩子全穿新的，我孙子总穿旧的，这太不公平了！"关司法的妻子道："这是我的儿子，你的孙子是他的奴仆。我念他和我儿子年龄相仿，才把衣服送给他，你怎么不明事理？从此以后，万儿连旧衣服也得不到了。"钮婆冷笑着对关司法的妻子说："这两个孩子有什么不同呢？"关司法的妻子说："奴仆怎么能跟主人相同呢？"钮婆说："要弄清他们同与不同，必须先试验一下。"随即，她把封六和万儿都拉到身边，用裙子一盖，往地上按去。关司法的妻子惊叫一声，上前去夺，结果两个孩子都变成了钮婆的孙子，模样和衣服全都一样，怎么也分辨不清。钮婆说："你看，他们是不是相同？"关司法的妻子吓坏了，与丈夫一起找钮婆乞求原谅，并表示从此以后，全家会好好敬待她，再也不敢像从前那样了。良久，钮婆把裙子里的两个孩子又往地上一放，他们便恢复了原样。

关司法把另外一间房让给钮婆居住，待她很好，也不再把她当佣人使唤了。

过了几年，关司法感到十分厌烦，想暗害她。

他让妻子将钮婆灌醉，自己趴在窗户底下，用镐头猛地一击，正中钮婆的脑袋，她“咚”的一声倒在地上。关司法上前一看，原来是根栗木，有好几尺长。两口子大喜，让手下人用斧子劈开再烧掉。栗木刚烧完，钮婆从屋子里走了出来，说：“为什么你要这么过分地戏耍我呀？”她谈笑如故，好像不介意的样子。

不久，郓州的所有人都知道了这件事。

关司法迫不得已，想向观察使说明详情。来到观察使的下榻之处，他忽然看见有一个跟自己长得一模一样的人正同观察使谈话。关司法急忙回到家里，堂前也有一个跟自己长得一模一样的人，可自己的妻子竟然没有认出来。夫妻俩又向钮婆乞求救助，痛哭流涕，跪下请罪。不久，那个假关司法的身子渐渐向真关司法靠近，直至合为一人。

从此，关司法再也不敢加害钮婆了。过了几十年，钮婆一直住在关家，再也没有麻烦了。

名

百岁铁篦

出处

宋代赵溍《养疴漫笔》

第〇七八号

宋代，太原有个叫王仁裕的人，家中祖母已经二百多岁了，身体只有三四尺高，两只眼睛变成了碧绿色，饮食很少，晚上也不睡觉。

每过一个多月，老人就消失不见，几天后才回来，没人知道她去了哪里。

她的床头放着一只柳箱，只有一尺多长，封锁甚严，不让人看。

老人经常告诫子孙：“如果我出去了，一定不要打开这个箱子，不然我就回不来了。”

子孙中有个无赖，一日，醉酒而归，见老人不在，就来到床头，把箱子打开，里面只有一个小铁篦子。

这个老人从此再也没有回来。

名

赤虾子

出处

清代王士祯《池北偶谈》卷二十三（引《双槐岁钞》《月山丛谈》）

第〇七九号

明代，广西思恩县附近的一个村子，那里有的树上面住着两个人，身高都大概一尺五寸，一身打扮如同军士，穿着草鞋，行走如飞，当地人称它们为赤虾子。

清代，广东顺德县有个地方名叫寿星塘，此地也有妖怪叫赤虾子，外形如同婴儿，体型很小，经常手牵手从树梢上下来，笑声、叫声和婴儿一模一样，掉在地上就会消失，当地百姓传说它们是蓬莱仙女的后代。

名

猪龙

出处

宋代李昉等《太平广记》卷第八十三（引《广古今五行记》）

第〇八〇号

宋代，濮阳郡有个叫续生的人，没人知道他从哪里来。

他身长七八尺，又黑又胖，留着两三寸长的头发，连裤子都不穿，只一件破衣衫垂到膝盖而已。别人送给他财物、衣服，他转头就会送给贫苦的人。

每逢四月初八，市场上所有嬉游之处都会看到续生的身影。濮阳郡上的张孝恭，不相信这事会是真的，便自己坐在戏场里看着续生，又派仆人往各处去查看。仆人向他报告说好多地方都能看到续生。由此，他便以为续生确实是个奇异的人。

天旱的时候，续生就会钻到泥土里打滚伸展一阵子，这时肯定就下雨。当地人又称续生为猪龙。

冬天时，没等雪花落在他的身上，就会被他睡觉时散发出的热气融化蒸发了。

当地有个大坑，水流到这里就不再往外淌了，常有一群猪在里面玩，续生到了夜晚也会到这玩。

没过多久，夜间有人看见北市场火光通天，走到跟前，看见好像一条大蟒的东西，身子在坑中，脑袋在坑外，脑袋跟猪头一般大，还长着两个耳朵。等到天亮再一看，原来是续生。只见他拂去身上的灰就出来了。

后来，不知续生到什么地方去了。

名

青蛙神

出处

清代蒲松龄《聊斋志异》卷十一

在长江、汉水一带，青蛙神的信仰尤为虔诚。当地传说，蛙神祠中青蛙成千上万，其中有像蒸笼那样大的。有人如果触犯了青蛙神，家里就会出现奇异的征兆：青蛙在桌子、床上爬来爬去，甚至爬到光滑的墙壁上不下来。一旦出现这些征兆，就预示着这家要有凶事。人们便会十分恐惧，为求平安，赶忙宰杀牲畜，到蛙神祠里祈祷，青蛙神一欢喜就没事了。

湖北的薛昆生，自幼聪明，容貌俊美。六七岁时，有个穿青衣的老太太来到他家，自称是青蛙神的使者，来传达青蛙神的旨意：愿意把女儿许配给昆生。薛昆生的父亲为人朴实厚道，心里很不乐意，便推辞说儿子还太小。但是，虽然拒绝了青蛙神的许亲，却也没敢立即给儿子提别的亲事。

昆生渐渐长大，薛翁便与姜家定了亲。青蛙神告诉姜家说："薛昆生是我的女婿，你们怎敢染指！"姜家害怕，忙退回了薛家的彩礼。薛翁非常担忧，备下祭品，到蛙神祠中祈祷，说自己实在不敢和神灵做亲家。刚祈祷完，就见酒菜中浮出一层巨蛆，在杯盘里蠕动。薛翁忙倒掉酒肴，谢罪后返回家中，内心更加恐惧，只好听之任之。

一天，昆生外出，路上迎面来了一个使者，向他宣读神旨，苦苦邀请他去一趟。昆生迫不得已，只得跟那名使者前去。

他进入一扇红漆大门，只见里头楼阁华美。有个老翁坐在堂屋里，有七八十岁的样子。昆生拜伏在地，老翁命人扶他起来，在桌旁赐座坐下。一会儿，奴婢、婆子都跑了来看昆生，乱纷纷地挤满了堂屋两侧。

老翁对她们说：“进去说一声薛郎来了！”几个奴婢赶忙奔去。不长时间，便见一个老太太领着个少女出来。

少女十六七岁，艳丽无比。老翁指着少女对昆生说：“这是我女儿十娘。我觉得她和你可称得上是很美满的一对，你父亲却因她不是同类而拒绝。这是你个人的大事，你父母只能做一半主，主要还是看你的意思。”昆生目不转睛地盯着十娘，心里非常喜爱，话也忘说了。老翁跟他说：“我本来就知道薛郎很愿意。你暂且先回去，我随后就把十娘送去。”昆生答应说：“好吧。”

他告辞出来，急忙跑回家，告诉了父亲。薛翁仓促间想不出别的办法，便让儿子快回去谢绝。昆生不愿意，父子正在争执时，送亲的轿子已到了门口，成群的青衣丫鬟簇拥着十娘走了进来。十娘走进堂屋拜

见公婆。薛翁夫妇见十娘十分漂亮，不觉都喜欢上了她。当晚，昆生、十娘便成了亲，小夫妻恩恩爱爱，情真意切。

二人婚后，十娘的父母时常降临昆生家。只要他们来的时候穿红色衣服，就预示着薛家将有喜事；穿白色衣服，薛家就会发财，非常灵验。由此，薛家日渐兴旺起来，只是家里门口、堂屋、篱笆、厕所，到处都是青蛙。家里的人没一个敢骂或用脚踏的。

昆生年轻任性，高兴的时候对青蛙还有所爱惜，发怒时则随意踩踏，毫无顾忌。十娘虽然温顺，却好怒，很不满意昆生的所作所为。昆生仍不顾念十娘的情分，并未有所收敛。一次十娘忍耐不住，骂了他两句，昆生发怒，说："你仗着你爹娘能祸害人吗？大丈夫岂能怕青蛙！"十娘最忌讳说"蛙"字，听了昆生的话，非常气愤，说："自从我进了你家的门，使你们地里多产的粮食，买卖多挣的银子，也不少了。现在老老少少都吃得饱穿得暖，就要忘恩负义吗？"昆生更生气了，骂道："我正厌恶你带来的这些东西太肮脏，不好意思传给子孙！我们不如早点儿分手！"说完，将十娘赶了出去。

昆生的父母听说后，急忙跑来，可惜十娘已经走了，便斥骂昆生，让他快去追回十娘。昆生正在气头上，坚决不去。到了夜晚，昆生和母亲突然生病，烦闷不想吃饭。薛翁害怕，到蛙神祠中请罪，言辞恳切。过了三天，母子的病便好了。十娘也自己回来了。从此夫妻和好，跟以前一样。

十娘不善女红，天天盛妆端坐，昆生的衣服鞋帽全都推给婆婆做。

一天，昆生母亲生气地说："儿子已娶了媳妇，还来劳烦他的母亲！人家都是媳妇伺候婆婆，咱家却是婆婆伺候媳妇！"这话正好让十娘听见了，便赌气走进堂屋，质问婆婆："媳妇早上伺候您吃饭，晚上伺候您睡觉，还有哪些侍奉婆婆的事没做到？所缺的，是没能省下雇人的钱，自己找苦受罢了！"母亲哑然无言，既惭愧又伤心，禁不住哭了起来。

昆生进来，见母亲脸上有泪痕，问明缘故，愤怒地去责骂十娘，十娘也毫不相让地争辩。昆生怒不可遏，说："娶了妻子不能伺候母亲高兴，不如没有！就算触怒那老青蛙，也不过遭横祸一死罢了！"又要赶十娘走。十娘也动了怒，出门径自走了。

第二天，薛家便遭了火灾，烧了好几间屋子，桌子床榻全烧成了灰烬。昆生大怒，跑到蛙神祠斥责说："养的女儿不侍奉公婆，一点儿家教都没有，还一味护短！神灵都是最公正的，有教人怕老婆的吗？况且，吵架打骂都是我一人干的，跟父母有什么关系！刀砍斧剁，我一人承担，如不然，我也烧了你的老窝，作为报答！"说完，搬来柴火堆到大殿下，就要点火。村里的人们都跑来哀求他，昆生才愤愤地回了家。父母听说后，大惊失色。

到了夜晚，青蛙神给邻村的人托梦，让他们为女婿家重盖房子。天明后，邻村的人拉来木材，找来工匠，一起为昆生造屋，昆生一家怎么也推辞不了。每天都有数百人络绎不绝地前来帮忙，不几天，全家房屋便焕然一新，连床榻、帷帐等都给准备下了。刚整理完毕，十娘也回来了。到堂屋里给婆婆赔不是，言辞十分恳切。转身又朝昆生赔笑脸，于是全家化怨为喜。此后，十娘更加和气，连续两年没再闹别扭。

十娘最厌恶蛇。一次，昆生恶作剧把一条小蛇装到一只木匣里，骗十娘打开。十娘打开一看，吓得花容失色，斥骂昆生。昆生不仅转笑为怒，还恶语相加。十娘说："这次用不着你赶我了！从此以后我们一刀两断！"说完径直出门走了。薛翁大为恐惧，将昆生怒打一顿，到蛙神祠里请罪。幸而这次没什么灾祸，十娘也寂然没有音讯。

过了一年多，昆生十分想念十娘，心里很是后悔，就偷偷跑到蛙神祠里哀恳她回来，但是没有回音。

不久后，听说青蛙神又将十娘改嫁给了袁家，昆生大失所望，便也向别的人家提亲。但看了好几家，没有一个能比得上十娘的，于是更加想念她。他去袁家看了看，见房屋一新，就等着十娘来了。昆生越发悔恨不已，不吃不喝，生起病来。父母忧虑着急，不知怎么办才好。

昆生正在昏迷中，听见有人抚摸着自己说："你这个大丈夫要和我决裂，当初气势汹汹，如今怎么又做出这种样子？"睁眼一看，竟是十娘！昆生大喜，一跃而起，说："你怎么来了？"十娘说："要按你以前对待我的那样，我就应该听从父命，改嫁他人。本来很早就接受了袁家的彩礼，但我千思万想不忍心舍下你。婚期就在今晚，父亲没脸跟袁家反悔，我只好自己拿着彩礼退给了袁家。刚才从家里来，父亲送我说：‘痴丫头！不听我的话，今后再受薛家欺凌虐待，死了也别回来了！’”昆生感激她的情义，不禁痛哭流涕。家里人都高兴万分，赶紧跑去告诉了薛翁。婆婆听说后，等不及十娘来拜见她，忙跑到儿子屋里，拉着十娘的手哭泣起来。

从此以后，昆生变得老成起来，再也不恶作剧了。夫妻二人感情更好了。

一天，十娘对昆生说：“我过去以为你太轻薄，担心我们未必能白头到老，所以不敢生下后代留在人世。现在可以了，我马上要生儿子了！”很快，十娘父母穿着红袍降临薛家。第二天，十娘临产，一胎生下两个儿子。

此后，昆生家跟青蛙神来往不断。居民有时触犯了青蛙神，总是先求昆生，再让妇女们穿着盛装进入卧室，朝拜十娘。只要十娘一笑，灾祸就化解了。

薛家的后裔非常多，人们给起名叫“薛蛙子家”。但附近的人不敢叫，远方的人才这样称呼。

名

卑

出处

唐代释道世《法苑珠林》卷第五十八（引《白泽精怪图》）

第〇八二号

相传，年代久远的猪圈中会产生一种妖怪，名为卑。

这种妖怪长得如同美女，拿着镜子喊它的名字，她就会害羞，掩面遁去。

名
犬妖
出处
晋代干宝《搜神记》卷十八
南北朝刘义庆《幽明录》卷二
唐代张读《宣室志》卷三

宅篇

第〇八三号

晋代，有个叫王瑚的人，住在山阳。

一天半夜，一个穿着白色衣服、戴着黑色头巾的官员模样的人前来叩门拜访，王瑚起身迎接，但没过多久，那人就消失不见了。一连几年都是这样。

后来，王瑚偷偷查看，发现那个人竟然是一条白色身子、黑色脑袋的老狗变的，于是王瑚杀了它。

相传，在河南缑氏县北，有个叫王仲文的人，担任主簿。

一天晚上，他休息回家途中，路过沼泽，看到车后跟着一条白狗。

王仲文很喜欢，想把那条狗逮回家。没想到，那条狗突然变成人的模样，长得如同传说中的方相氏，獠牙突出，四只眼睛赤红如火，面目可怖。

王仲文和仆人一起与那怪物打斗，但失败了，仓皇逃回家，然而还没到家就都倒在地上死掉了。

也是在晋代，秘书监温敬林死了有一年，他的妻子桓氏忽然看到温敬林回来了，于是两个人就一起同寝共处。但是说来奇怪，温敬林始终不肯见家人。

后来有一次，温敬林喝多了酒，露出原形，原来是邻居家的一条大黄狗，愤怒的温家人于是把它打死了。

唐代贞元年间，有个姓韩的书生，家里有一匹马，长得十分雄健。

有一天清晨，这匹马变得萎靡不振，全身是汗，而且气喘吁吁，好像走了很远的路一样。养马人觉得奇怪，就告诉了书生。书生大怒："肯定是你晚上偷偷把马牵出去玩，才让它这么没精神！"养马人觉得很冤枉。

第二天早晨，马又是如此。养马人觉得不正常，当天晚上，就偷偷躲起来看，发现书生家里有一条大黑狗，来到马厩中，变成一个黑衣黑帽的男子，跳上马背，骑着出去，到半夜才回来。

接连几日，皆是如此。

养马人顺着马蹄印找过去，来到十里外的一座古墓跟前，在古墓旁边找了个藏身之处躲了起来。

当晚，黑衣人骑着马来，跳入墓穴，里头传出欢声笑语，过了很久，有几个人把黑衣人送出墓外。

养马人将消息打探清楚后，回去禀告了书生。

书生用生肉将那条大黑狗引来，打死了它，然后又带上仆人，一起来到古墓，掘开古墓，发现里面有很多狗，将它们全部杀死，这才安心回家。

名

天狐

出处

晋代郭璞《玄中记》

唐代戴孚《广异记·长孙无忌》

传说狐狸活五十岁就能变成妇人，一百岁就能变成美女，或变成神巫，还能变成男子，与女子交合。它们能知晓千里之外的事，善于蛊惑人，使人丧失理智。

狐狸活到一千岁就能与天沟通，叫作“天狐”。

唐太宗曾经把一个美人赐给赵国公长孙无忌。这美人受到非常的恩宠，但她忽然被天狐迷住了。那天狐自称叫王八，身高八尺有余，经常待在美人的住所里。美人见到长孙无忌，就拿长刀砍他。

唐太宗听说这事以后，召来术士去对付那只天狐，前前后后好几次都失败了。后来术士们说，只有相州的崔参军能治好这病。

崔参军收到命令，便起程回京。王八悲伤地哭泣，对美人说：“崔参军不久就要到了，怎么办啊？”等崔参军快要到达京城的时候，天狐便逃跑了。

崔参军到达后，皇上让他和自己一起到长孙无忌家里去。崔参军摆放了几案，坐下写了一道符，不一会儿，宅子里井、灶、门、厕及十二辰宿等几十位神灵，或高或矮，奇形怪状，全站在院子里。

崔参军呵斥他们说：“你们作为这一家的家神，责任不小，为什么让一只妖狐进到家里来？”神灵们上前说道：“这是一只天狐，我们的能力制不住它。”崔参军让他们去捉拿那妖狐。片刻他们又回来了，说刚才已经苦战过，还被天狐打伤了。

崔参军又写了一道符，这道符飞上天，忽然间天地昏暗下来，半空里有兵马的声音。不一会儿，出现五个人，各有几丈高，来到崔参军面前，站成一排行礼。

崔参军对他们说："赵国公家里有一只妖狐，烦请各位去把它捉来。"诸神答应后，就各自散去了。

唐太宗问，他们是什么神？崔参军说是五岳神。很快，五岳神回来了，把一只被绑的天狐扔到墙下。长孙无忌十分愤怒，就用长剑去砍天狐。那天狐一开始并不害怕。

崔参军说："这狐狸已经通神，打它没好处，自讨麻烦罢了。"他看着天狐，说道："你任意做奸淫之事，是应该处死的，现在酌情裁决，打你五下。"天狐便乞求饶命。崔参军用桃枝打了它五下，天狐血流满地。

长孙无忌不大高兴，觉得处罚太轻了。崔参军说："五下是人间的五百下，绝对不是小刑罚。因为天府还要使用它，杀了是不行的。"他下令从此以后天狐不准再到长孙无忌家来。

天狐唯唯诺诺着答应后便消失不见。不久，美人的病好了。

名

炮神

出处

清代俞樾《右台仙馆笔记》卷八

宅篇

第〇八五号

江西南昌城里的官署照墙后，有几间老房子，是原来的炮局。

清代咸丰三年，太平军围城，在沙井这个地方安营扎寨。当地有个文孝庙，被太平军占领。文孝庙的墙壁非常厚，南昌城里发射大炮，炮弹也打不穿。

一天晚上，有人经过照墙，看见几十个黑脸的人从炮局里面出来，说愿意帮助官军击杀太平军。

官军士兵去屋子里找，发现里面空空荡荡，这才知道是妖怪。

这个士兵将事情报告官府，官府从炮局的地下挖出很多炮，有大有小，有十三尊大炮，每尊重三千斤，还有一尊大炮重四千斤。

官军将这些炮拉到炮台，向文孝庙轰击，顿时墙倒屋塌，南昌之围遂解。

后来，南昌人称当初的那几十个黑脸人为“炮神”。

名

水儿

出处

晋代干宝《搜神记》卷十一

第〇八六号

零阳郡太守姓史，有个女儿。史太守的女儿喜欢上了一个书吏，就偷偷让丫鬟取来那书吏洗手后的水，自己喝下。

然而令人难以置信的是，过了不久，史太守的女儿怀了孕，并生下一个儿子。

孩子一生下来，史太守就让人抱出门扔了。

而那孩子在被扔出去后，竟顽强地匍匐着爬到了书吏的怀中。

书吏一惊，把孩子推开，小孩却倒在地上，变成了水。

书吏追问，才知道事情的原委。

后来，史太守就把女儿嫁给了这个书吏。

名

五家之神

出处

清代俞樾《右台仙馆笔记》卷十三

第〇八七号

在中国民间传说中，五家之神，其实就是五种妖怪，人们称之为五大仙。

在天津，女巫被称为姑娘子，乡间有妇女生病时，她们会被请来治病。

姑娘子来到生病的人家，会在炉中点香，随后称有神降临在自己身上，这也叫顶神。

这些神，有自称白老太太的，是刺猬；自称黄少奶奶的，是黄鼠狼；自称胡姑娘的，是狐狸；又有蛇和老鼠两种，合起来，称之为“五家之神”。

名

宅仙

出处

清代李庆辰《醉茶志怪》卷一

宅篇

第〇八八号

宅仙不是仙，而是出现于家中的一种妖怪，尊之为仙而已。

清代，有个叫盛朝京的人，寄居在一户姓王的人家，半夜时听到梆子声传来，刚开始没觉得奇怪，后来听到这声音由远及近，来到屋子里，这才赶紧爬起来查看。

盛朝京看到一个高三四尺的老头，手持小木梆子敲个不停，走到屋子的拐角就消失不见了。

到了夜里一更天左右，那老头又敲着梆子从墙角出现，缓步来到门前，从门缝里走了出去，一夜来回了四五次。

第二天，盛朝京把这件事告诉主人，这才知道是宅仙。

据主人所说，这个宅仙经常照顾家里，为他家看守仓库。曾经有盗贼来偷米，第二天自己前来自首。还有小偷自己在院子里迷路，天亮就被抓住。如此种种，都是宅仙所为。

名
推
出处
宋代邵博《邵氏闻见后录》卷三十

第〇八九号

宋代宣和年间，皇宫之内屡屡发生怪事，有一个自称为“摧”的妖怪作祟。

到了晚上，这妖怪大声喊着：“摧！”一遇到人就会将人撕裂。

皇宫中有胆大的人，聚在一起抓它，那妖怪逃跑，最后竟变身成内府收藏的一个铁幞头。

名

宣平坊卖油郎

出处

唐代段成式《酉阳杂俎》前集卷十五

宅篇

第〇九〇号

唐代长安城内，某天夜里，有一位官人要回宣平坊。

走进曲斜僻静之处，他看见有个卖油郎，戴着草帽，用驴驮着油桶，大摇大摆走在路上，也不避开。

官人的随从见对方如此放肆，就上去打他，结果他的头应声而落，身体的其余部分以及驴和油桶迅速地跑进了一个大宅院里。

官人觉得奇怪，就跟了进去，只见那人和驴跑到一棵大槐树下不见了。

官人赶紧将事情告诉了这宅院的主人。这家主人便命人在大槐树下挖掘。

挖到几尺深，见树的枯根下有一只大蛤蟆，蛤蟆一副惊慌失措的样子，两边有两只笔帽，笔帽里装满了树的津液，还有一个挺大的白菌，不过顶部已经掉了。

官人这才明白蛤蟆就是驴，笔帽就是油桶，白菌就是那个卖油郎了。

周围的人有的一个月前就买过他的油，还奇怪他的油为什么质量好还价钱便宜。

等知道这件事，吃过那油的人全都呕吐起来。

名

桥祟

出处

清代俞樾《右台仙馆笔记》卷十六

第〇九一号

杭州武林门有座长寿桥，桥的左边还有一座桥，没有名字，人称其为小桥。

当地有个无赖，经常纠集同伙，拿着锄头、铁锹在无主的荒地上挖各种石头卖钱，不管是柱子还是台阶、雕栏，看到什么挖什么。后来这人竟然把小桥上的栏石给偷了，装在小船上，到附近的镇子卖了。

这人有个儿子，才七岁，这天忽然生了病，第二天越发严重。

儿子说："有人打我。"这人就找来占卜的人询问。占卜的人说："是小桥作祟。"

这人很吃惊，赶紧买来祭品前去祭奠，但没有什么效果，过了几天，儿子就死掉了。

名

厕神

出处

南北朝刘敬叔《异苑》卷五

唐代牛肃《纪闻》卷七

宋代李昉等《太平广记》卷第三百三十三（引《纪闻》）

第〇九二号

厕神并不是神，而是指厕所里出没的一种妖怪。

《杂五行书》上说："厕所的神叫后帝。"

东晋时期，有个叫陶侃的人，一次上厕所，看见有好几十人，都拿着大印。其中有个穿单衣系头巾的人，自称是"后帝"，对陶侃说："你身份尊贵，所以我就来瞧瞧你。你如果三年内不说见到我的事，就会有大富贵。"陶侃站起来，那人就消失了，茅坑里还留下了一个大印，作"公"字。

南朝宋时，宣城太守刁缅，当初做玉门军使的时候，家里有个妖怪，外形像大猪，全身长满眼睛，出入在厕所里，游行在院内。刁缅当时不在家，官吏兵卒看见的有一千多人。过了几天，刁缅回家，举行了一场祭祀，厕神就消失了。十天后，刁缅升到伊州做刺史，又调转做左卫率、右骁卫将军、左羽林将军，从此富贵了。

唐代，吴郡有个人叫陆望，寄住在河内这个地方，表弟王升和陆望住得很近。早晨王升去拜会陆望，走到村庄南边已经死去的村人杨侃的宅院时，忽然看见一个怪物，两手按着厕所，大耳朵，眼睛深凹，虎鼻猪牙，面容呈紫色而且斑斑点点，直看着王升。王升惊恐而逃，看见陆望就说了这事。陆望说：“我听说，看见厕神可能会有不好的事情发生。”王升回家就死了。

名

嚏出

出处

清代蒲松龄《聊斋志异》卷五

第〇九三号

清代，徐州有个叫梁彦的人，患了一种鼻塞且打喷嚏的病，很长时间也没治好。

有一天，他正在睡觉，感到鼻子奇痒，赶忙起身打了个大喷嚏。突然，有个东西从他的鼻子里喷出来，落到地上，其形状像屋脊上的瓦狗，有指头那么大。

接着，他又连打三个喷嚏。每打一次喷嚏，就会喷出来一个类似的东西。

这四个小东西在地上蠢动，聚集到一起互相嗅闻。

片刻之间，只见一个强健的吃了另一个体弱的，吃下后它的身子顿时变大。

不一会儿，它们互相吞吃，最后只剩下一个，身子比老鼠还大。它伸出舌头舔自己的嘴唇。

梁彦非常吃惊，用脚去踩，可它却沿着梁彦的袜子向上爬，逐渐爬到他的大腿上。

梁彦抓着衣服用力抖动，但这东西黏在上面不肯下来。

一会儿，它钻入衣襟下，爬到梁彦腰侧，用爪子抓挠。

梁彦惊恐万分，赶忙解开衣服脱下，扔到地上，可一摸，那东西已紧贴在他的腰上，用手推，推不动，用指甲掐，自己却感觉很痛，它竟成了附在皮肤上的肉瘤。

此时，它的嘴和眼已经闭上，就像一只趴着的老鼠。

名

鞠通

出处

明代张岱《夜航船》卷十七

第〇九四号

明代，有个叫孙凤的人，他家有一张古琴，经常不弹自鸣。

有个道士指着琴背后的蛀孔，对孙凤说："这里面有虫，不除掉的话，琴就坏了。"

说完，道士从袖子里掏出一个竹筒，倒出一些黑乎乎的细屑，放在孔的旁边。

过了一会儿，从琴里面出来一只背上有金钱纹路的绿色小虫。

道士拿了小虫走掉，那张琴自此之后就不再自己响了。

有知道底细的人说："这虫名为鞠通，如果耳聋的人把它放在耳边，很快就能恢复听力。这种虫喜欢吃古墨。"

孙凤这才知道那个道士倒出来的黑屑，就是古墨的细屑。

名

牛豕瘟团

出处

清代乐钧《耳食录》卷二

第〇九五号

清代文学家乐钧十六岁的时候，在涂坊村读书，拜族叔松岩先生为师。

一天晚上，松岩先生参加完一次宴会，出门闲逛。当时是秋天，月华朗照，凉爽宜人。

松岩先生走到私塾附近时，看到田野里有一个大黑团，如同气球一样大。

刚开始他以为是荆棘，走得近了，发现那东西左右转动，然后旋转着滚入林地里消失了。

松岩先生觉得很奇怪，就跟别人说了，大家谁也不知道是什么。

几天后，听说附近林子里有个小村，牛猪闹瘟疫，几乎死绝了，看来是这东西作祟。

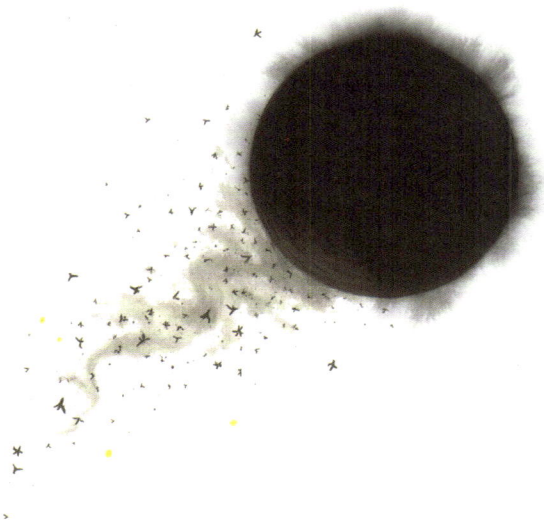

名
琵琶亭怪
出处
明代谈迁《枣林杂俎·和集》

第〇九六号

明代，嘉兴有个孝廉叫沈昭明，为人很有品德，一天晚上在九江的琵琶亭露宿。

当时月华朗照，周围还有五六十个人一同躺着。

夜深人静时，沈昭明看到有个撸起袖子的男人，手里拿着一个印章，一个一个地往睡着的人脸上盖印章，唯独不盖自己。那印章闻起来十分腥臭。

第二天，沈昭明藏刀等待，那男人来了后，沈昭明挥刀砍中他的手臂，男人捂着伤口跑走了。

过了不久，凡是被盖上印章的人，都得了重病。

名

钱龙

出处

宋代洪迈《夷坚志·夷坚支景》卷第三

第〇九七号

宋代，湖州城外十八里，有个村子叫大钱村。

村里的农民朱七为人耕田。

乾道十年春的一天，天气阴晦，朱七看到一个青色的妖怪从东北乘风飞过，外形像竹席，掉下很多铜钱，如同下雨一般。

当地人称这种怪物为钱龙。

名

扫晴娘

出处

清代富察敦崇《燕京岁时记·六月》

扫晴娘是中国民间祈祷雨止天晴时，挂在屋檐下的剪纸妇人像或者娃娃像，流行于北京、陕西、河南、河北、甘肃、江苏等地。

元代诗人李俊民在《扫晴妇》一诗中写道："卷袖搴裳手持帚，挂向阴空便摇手。"明清两代，扫晴习俗在中国民间盛行。实际上，这是一种中国民间止雨的巫术活动，类似贴龙王像祈雨，目的是止断阴雨，以利晒粮、出行。

扫晴娘的形象通常是一个手提扫帚的女子或者娃娃，也有头上长出莲花、双手拿着笤帚的。

清代时，每到六月的雨季，如果雨天连绵不晴，北京的妇女就会用纸剪出扫晴娘，贴在门楣上，以祈求它能够扫去阴霾，迎来晴天。

名
太公
出处
宋代佚名《异闻总录》卷之三

宅篇

第〇九九号

宋代，永嘉这个地方，有户姓项的人家，家中闹妖怪。家里经常出现一个奇怪的东西，长得像人，披头散发，自称太公。时间长了，家人也就不觉得奇怪了。凡是想要什么东西，只需要在厨房里叫一声太公，东西就会出现。

项某的妻子怀孕，想吃馒头，就叫了一声太公，二更时分，太公果然捧着一笼馒头前来，还冒着热气呢。

过了几天，外头传闻有人在七尺渡的渡口做水陆法事时，丢了一笼馒头。

后来，项某的媳妇生下孩子，长得如同冬瓜，没有眉毛眼睛，只长着嘴。

项某和妻子觉得是妖怪，就想溺死这个孩子，忽然听到太公的声音从空中传来："这孩子不能溺死，你们好好喂养他，我定当重谢。"

过了两个多月，项某的妻子正抱着孩子在床上，太公拿了很多银子放在她的面前，抱起孩子就走了。

自此之后，太公再也没有来过。

名

金精

出处

宋代李昉等《太平广记》卷第三百六十一（引《广古今五行记》）

宋代李昉等《太平广记》卷第四百（引《博异志》）

第一〇〇号

南北朝时期，安阳县有一户姓黄的人家，住在古城南。这家人的祖祖辈辈都很富有。

有一个巫师给他家占卜，说他家的财物要散去，建议好好守护。自此之后，黄家人每夜都派人看守。

这天晚上，黄家人看到有一队人，全都穿黄色衣服，骑着马从北门出来；一队白衣人，骑着马从西门出来；一队青衣人，骑着马从东园门出来。这些人都打听赵虞家离这里多远。

当时人们都忘了守护财物的事，等几队人马离去之后才明白过来，他们全都是金银钱货的化身。

黄家人非常后悔，但是已经不能去追赶了。

这事情发生后，黄家很快一贫如洗。

唐代天宝年间，长安永乐里有一处凶宅，居住在这里的人全都遭殃，没人再敢住。

扶风人苏遏，因为穷，所以即便知道这是个凶宅，还是买了下来，不过他是赊账，并没有交钱。到了晚上，苏遏睡不着，出来闲逛，忽然看见东边墙根有一个红色的东西，像人的形状，但没有手和脚，里外透亮，嘴里喊着："烂木！烂木！"然后西边墙根有东西回应说："在，在这里！"

两个东西嘀嘀咕咕说了一会儿话，红色东西就消失了。

苏遏走下台阶，问西边墙根下那个红色的东西是什么，对方说："是金精。以前死在这里的人，都是它害的。"

第二天，苏遏借来铁锹，先在西墙下挖，挖出一根腐朽的柱子，柱子芯的颜色像血一样。后来又在东墙下挖了两天，挖了将近一丈深，才看见一块方形石块，宽一丈四寸，长一丈八寸，上面用篆书写道："夏天子紫金三十斤，赐有德者。"苏遏又向下挖了一丈多深，挖到一个铁罐，把铁罐打开，看到有三十斤紫金。

苏遏想要这些金子，却又担心自己不是什么道德高尚的人，正在犹豫不决，那块烂木头说："这很好办呀，你改名叫'有德'不就行了嘛。"苏遏听了，大喜过望，连称这个主意好。

烂木说："我帮了你大忙，你能不能把我送到昆明池里面，我保证，以后再也不会祸害人了。"苏遏答应了它。苏遏用这笔金子还了账，然后安心闭门读书。三年后，苏遏被范阳节度使请去做幕僚。七年后，官获冀州刺史。至于那座宅院，再没发生过什么怪事。

参考文献

《白泽精怪图》（敦煌残卷，法国国家图书馆藏）
春秋左丘明《左传》（中华书局，2012）
战国《山海经》（中华书局，2011）
汉代东方朔《海内十洲记》（上海古籍出版社，1990）
汉代东方朔《神异经》（见程荣纂辑《汉魏丛书》，吉林大学出版社，1992）
汉代董仲舒《春秋繁露》（中华书局，2012）
汉代刘歆《西京杂记》（上海古籍出版社，2012）
汉代郭宪《别国洞冥记》（见程荣纂辑《汉魏丛书》，吉林大学出版社，1992）
汉代刘向、晋代葛洪《列仙传　神仙传》（上海古籍出版社，1990）
晋代郭璞《玄中记》（见鲁迅校录《古小说钩沉》，齐鲁书社，1997）
晋代干宝《搜神记》（中华书局，2012）
晋代祖台之《志怪》（见鲁迅校录《古小说钩沉》，齐鲁书社，1997）
晋代罗含《湘中记》（见陶宗仪《说郛》，中国书店，1986）
晋代王嘉《拾遗记》（中华书局，1981）
晋代荀氏《灵鬼志》（中华书局，1985）
晋代陶潜《搜神后记》（上海古籍出版社，2012）
南北朝刘义庆《幽明录》（文化艺术出版社，1988）
南北朝刘敬叔《异苑》（见南朝宋刘敬叔、北朝齐阳松玠《异苑　谈薮》，中华书局，1996）
南北朝任昉《述异记》（中华书局，1985）
南北朝《周地图记》（见王谟《汉唐地理书钞》，中华书局，1961）
南北朝郦道元《水经注》（中华书局，2007）
南北朝祖冲之《述异记》（见鲁迅校录《古小说钩沉》，齐鲁书社，1997）
南北朝沈怀远《南越志》（见陶宗仪《说郛》，中国书店，1986）
南北朝杨衒之《洛阳伽蓝记》（中华书局，2012）
唐代牛肃《纪闻辑校》（中华书局，2018）
唐代张鷟《朝野佥载》（中华书局，1979）
唐代郑常《洽闻记》（见陶宗仪《说郛》，中国书店，1986）
唐代段成式《酉阳杂俎》（上海古籍出版社，2012）
唐代张读《宣室志　裴铏传奇》（上海古籍出版社，2012）

唐代释道世《法苑珠林》（中华书局，2003）
唐代戴孚《广异记》（中华书局，1992）
唐代谷神子《博异志》（中华书局，1980）
唐代刘恂《岭表录异》（广陵书社，2003）
五代徐铉《稽神录》（中华书局，1996）
五代刘崇远《金华子杂编》（山东人民出版社，2018）
五代孙光宪《北梦琐言》（中华书局，2002）
宋代李石《续博物志》（中华书局，1985）
宋代王明清《投辖录　玉照新志》（上海古籍出版社，2012）
宋代洪迈《夷坚志》（中华书局，1981）
宋代黄休复《茅亭客话》（上海古籍出版社，2012）
宋代郭彖《睽车志》（上海古籍出版社，2012）
宋代《致虚杂俎》（见陶宗仪《说郛》，中国书店，1986）
宋代李昉等《太平广记》（中华书局，1961）
宋代赵溍《养疴漫笔》（中华书局，1991）
宋代邵博《邵氏闻见后录》（中华书局，1983）
宋代《异闻总录》（见《笔记小说大观》，江苏广陵古籍刻印社，1984）
金代韩道昭《五音集韵》（大明成化庚寅重刊本）
元代陶宗仪《南村辍耕录》（中华书局，2004）
明代谢肇淛《五杂组》（上海书店出版社，2015）
明代闵文振《涉异志》（中华书局，1985）
明代张岱《夜航船》（中华书局，2012）
明代谈迁《枣林杂俎》（中华书局，2006）
清代钮琇《庸庵笔记　觚剩》（重庆出版社，1999）
清代钱泳《履园丛话》（上、下）（中华书局，1979）
清代刘献廷《广阳杂记》（中华书局，1957）
清代姚元之《竹叶亭杂记》（中华书局，1982）
清代吴震方《岭南杂记》（商务印书馆，1936）
清代朱翊清《谐铎　埋忧集》（重庆出版社，2005）
清代俞樾《右台仙馆笔记》（齐鲁书社，1986）

清代李调元《南越笔记》（广陵书社，2003）
清代屈大均《广东新语》（中华书局，1985）
清代曾衍东《小豆棚》（齐鲁书社，2004）
清代东轩主人《述异记三卷》（齐鲁书社，1994）
清代袁枚《续子不语》（上海古籍出版社，1986）
清代褚人获《坚瓠集》（上海古籍出版社，2012）
清代蒲松龄《聊斋志异》（中华书局，1962）
清代乐钧《耳食录》（齐鲁书社，2004）
清代王士祯《池北偶谈》（中华书局，1982）
清代李庆辰《醉茶志怪》（齐鲁书社，2004）
清代富察敦崇《燕京岁时记》（北京古籍出版社，2000）
清代况周颐《眉庐丛话》（山西古籍出版社，1995）